꽁치가 숨쉬는 방

꽁치가 숨쉬는 방

심 강 우 소설

문이당

작가의 말

소설은 검질기고 주밀한 성격을 가진 이에게 유리하다. 그렇다면 헤무른 데가 많은 나 같은 둔치가 소설집을, 그것도 두 권째 상재하는 걸 어떻게 설명할 수 있을까. 혹 그것 때문이 아닐까. 내 안에서 항시 어슴푸레 운신하고 있는 그것. 방랑벽.

어릴 때부터 이사를 자주 다녔다. 초등학교를 네 곳이나 거칠 정도였다. 바닷가 모래사장에 꽂은 삽날의 어깨에 올라서서 맞이한 일출, 어머니와 삭정이를 주우러 간 숲속의 그늘과 적요, 고샅길을 줄달음치고서야 볼 수 있었던 열차의 꽁무니, 작대기로 오갈 든 풀잎을 치며 들길을 걸어 당도한 제방. 그곳에서 하릴없이 바라본 강줄기와 반짝이는 윤슬, 우리 가족이 세 든 단칸방쯤은 천 개라도 만들어 낼 것 같았던 길 건너 제재소에 쌓인 우람한 원목 등등 내가 거쳐 간 곳들에서 만난 풍경은 시나브로 내 가슴에 소沼를 이루고 감성으로 밀생하고 자의식에 물꼬를 텄다.

튼튼한 다리는 여행길의 선결조건은 될지언정 필요충분조건은 되지 않는다는 걸 커서야 알았다. 자본주의의 생리를 뼈저리게 느끼고서야 길은 다만 거기 있기에 길이라는 걸, 내가 가지 않아도 길은 언제나 거기 있다는 걸 알았다. 무작정 길을 떠난다거나 스스로 길을 낸다는 말을 들으면 걸어온 내 길이 짓무른 미역처럼 느껴졌다. 현실의 길을 안돈하지 않고 길을 떠날 수 없음은 자명해 보였다.

더 나이가 들어서는 사람과 사람 사이에도 보이지 않는 길이 있다는 걸 알았다. 길 가운데에는 문이 있었다. 어떤 특정한 문을 지나기 위해서는 통행세를 지불해야 했다. 무엇보다 지불하는 자세가 중요했다. 누군가는 그것을 처세술이라고 했고 누군가는 도리라고 했다. 그것이 무엇이 되었건 기본공식은 이해타산에 연유했다. 온축하고 있던 지식도, 검불처럼 붙어 있던 순연한 마음도 공식의 개념을 잊는 순간 오답으로 처리되었다. 열린 문 저쪽에는 간극이 엄연한 길들이 갈래갈래 나 있었고 그마저도 지우겠다는 듯 허공에는 매지구름이 떠 있었다. 돌아선 이유가 무엇인지 스스로에게 묻곤 했다. 그

럴 때마다 어줍은 목소리가 은결든 몸에서 흘러나왔다. 사람에 이르
는 길도 여행길이라는 거. 여행길에서 길을 잃는 건 그곳이 두려워
서가 아니라는 거.

　두 번째 소설집을 낸다. 소설을 쓴다는 건 스스로 여정을 짜고 기
록하는 일이다. 내 여정에 편승한 이들의 느낌이 어떨지 나는 모른
다. 확실한 건 내가 여전히 이 길을 가고 있다는 사실이다. 이 길에
는 문이 없다.

2020년 1월
심 강 우

꽁치가 숨쉬는 방

차례

꽁치가 숨쉬는 방

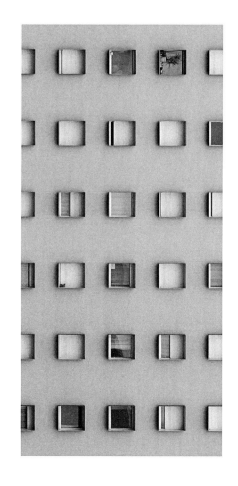

꽁치가 숨쉬는 방

"짜가라고 다 같은 줄 아냐? 얘는 명품 짜가란 말이지."

사내아이의 말에 옆자리의 여자아이가 흐흥, 하고 웃는다.

"그런다고 꽁치가 준치가 되니? 우리 엄마가 그랬어. 아무리 냅뛰어야 꽁치는 꽁치일 뿐이라고."

아이들의 책상 위에 시사잡지가 펼쳐져 있다. 환하게 웃고 있는 단발머리 여자가 보인다. 비엔날레 현수막을 배경으로 찍은 사진이다. 한때 학력위조로 세간을 떠들썩하게 했던 인물이다. 희주는 미간을 찌푸린다.

"자, 그만하고 프린트물 보자."

맨 앞줄에 앉아 있던 사내아이가 희주를 보며 눈을 끔벅거린다. 뭔가 이상한 낌새를 챈 모양이다. 녀석, 눈치하고는. 희주는 짐짓

밝은 표정으로 논제를 읽는다. '학력위조 파문이 사회 전반에 걸쳐…….'

강의실을 나온 희주는 한숨을 내쉰다. 교무실로 가다 말고 커피자판기 쪽으로 걸음을 옮긴다.

"내 것도!"

김 선생이다. 희주는 이미 뽑은 커피잔을 건넨 뒤 남은 동전을 구멍에 넣는다. 이러면 미안하지, 하면서도 김 선생은 커피잔을 입으로 가져간다.

"왜, 무슨 일 있어?"

커피잔을 두 손으로 감싸며 김 선생이 희주의 표정을 살핀다. 뭘? 희주는 커피를 후후 불며 마시다가 눈으로 반문한다.

"에이, 얼굴에 써 있구만. 가노라 범생이야 따라가자 꼴통들아 수능 일등급 따고자 하랴마는 품행이 하 수상하니 될동말동 하여라."

국어선생 아니랄까봐 꼭 티를 내요. 희주는 피식 웃고 만다. 하긴 표정관리에 서툰 건 사실이다. 김 선생은 포커페이스도 경쟁력의 일부라며 거울 보고 연습하란다.

"어떤 녀석이야? 아침부터 꼭지 돌게 하는 녀석이!"

김 선생이 희주의 눈을 들여다보며 묻는다. 말본새하고는. 희주는 가볍게 눈을 흘기고 남은 커피를 마신다. "그냥 피곤해서 그래." 희주의 말에 김 선생이 고개를 갸웃거린다. 희주는 논술, 김 선생은 국어 과목을 맡고 있다. 둘은 같은 국문과 출신이라는 점 외에도 오래

전에 서른 문턱을 넘은 싱글이라는 점 때문에 격의 없이 지내는 사이다. 김 선생이 확고한 독신주의자인 데 반해 희주는 이도 저도 아니다. 김 선생은 그런 희주를 기회주의자로 몰아붙이곤 한다. "회의에 늦겠어, 들어가지." 커피잔을 재활용통에 넣으며 희주가 고갯짓을 한다. 그놈의 회의. 김 선생이 머리를 흔들며 희주를 따라간다.

회의가 아니라 원장의 훈시를 듣는 시간이다. 오늘의 의제는 '수강생 급감에 따른 대응책 마련'이다. 이젠 얼굴 성형을 요구할지도 몰라. 김 선생이 했던 말이 생각난다. 아닌 게 아니라 원장의 대응책은 과감했다. 강사들 소개란에 포토샵으로 보정한 사진을 올리는 건 애교에 속했다. 일부 강사의 경우 학력을 손질했다. K대학 영문과, 하는 식으로 처리한 뒤 여러 대학의 심벌마크를 배경으로 깔았다. 해당 강사의 출신 대학과 이니셜이 같은 명문대의 심벌마크는 도드라지게, 여타 대학의 그것은 운무에 가려진 사물처럼 흐릿하게 처리했다. '치졸'이라는 말이 절로 나오게 하는 수법이었다. 학생들 뇌리에 명문대 출신 강사로 주입하되 구체적으로 적시하지는 않았기에 범법행위는 절대 아님. 원장은 자신에게 그렇게 말하고 싶었을 것이다.

"학원이 늘면서 어려워진 건 사실이에요. 하지만 이건 좀 심하지 않아요? 특히 국어가 문제예요."

원장은 김 선생을 포함한 세 명의 국어 강사를 쏘아보며 직격탄을 날린다.

"전번 모의고사는 난이도 때문에 그렇다 쳐도 이번엔 뭐예요? 특강과 문제집 보강에 좀 더 신경 써야 하는 거 아니에요?"

원장은 국어 시험 망쳤다는 항의 전화를 열 통이나 받았다는 말도 빼놓지 않는다. 희주는 옆을 본다. 김 선생은 묵묵히 탁자만 내려다보고 있다.

"애들 환심을 사도 뭐할 판에 손찌검이나 하고 말야."

원장의 말에 김 선생이 입꼬리를 올린다. 강의시간에 카톡을 하던 아이가 김 선생에게 걸렸다. "야 인마, 공부하기 싫으면 나가." 김 선생의 말에 아이는 눈도 깜빡하지 않고 대꾸하더라는 것이다. "그건 내가 알아서 해요." 그 말에 가만있을 김 선생이 아니다. 하지만 그것을 손찌검이라고 할 수 있을까. 김 선생이 문제집으로 아이의 책상을 내리쳤지만 아이의 손이 더 빨랐다. 아이가 휘두른 손에 김 선생의 손에 들려 있던 문제집이 바닥으로 나동그라졌다. 그래놓고 아이는 원장실로 달려가 폭력강사 때문에 수업을 못 듣겠다고 항의했다. 그러잖아도 욕쟁이마녀로 통하는 김 선생이다.

"아무튼 언행에 신중을 기하세요."

원장의 시선이 김 선생에게 고정되어 있다. '숨 막혀 죽겠어 정말.' 탁자 밑에서 주먹을 꼭 쥔 김 선생이 중얼거린다. 희주는 손을 뻗어 김 선생의 손등을 가볍게 꼬집는다.

"김 선생, 방금 뭐라고 했어요?"

원장이 도끼눈을 뜨고 노려본다.

"아, 아뇨. 김 선생이 그러니까…… 뭐라고 할 말이 없다고 그런 거예요, 네!"

희주가 대신 나선다. 원장은 잔뜩 얼굴을 찌푸린 채 진학상담과 관련한 몇 가지 주의사항을 말한 뒤 자리를 뜬다. 원장이 나가자 강사들의 시선이 일제히 김 선생에게로 쏠린다.

"절이 싫으면 중이 떠나야지 별수 있어?"

회의실을 나가던 강사들 틈에서 그 소리가 흘러나온다.

"누구예요, 방금 그 말 한 사람?"

김 선생이 쫓아가려는 걸 희주가 붙잡는다.

"참아. 조 선생이야. 저 사람 원장 조카라는 걸 잊었어?"

김 선생이 아랫입술을 깨문다. 희주가 김 선생을 데리고 휴게실로 간다.

횡단보도 앞에서 희주는 손목시계를 들여다본다. 약속 시간까지는 아직 두시간이나 남았다. 잠시 망설이던 희주는 막 출발하려는 버스에 오른다. 주말이라 그런지 거리는 사람들로 넘친다. 버스가 잠시 멈춘 사이 희주는 도로 건너편의 예술영화관을 본다. 명작 반열에 오른 영화를 엄선해 재상영하는 곳이다. 바탕색이 보랏빛인 간판이 눈길을 끈다. 굵은 고딕체로 〈색계〉가 쓰여 있다. 곡예에 가까운 섹스신이 화제가 되었던 영화다. 희주는 양조위가 출연한 영화는 빼놓지 않고 보았다. 무심함과 공허함을 합쳐놓은 듯한 눈빛의 사내. 희주가 보기에 그는 눈빛으로 연기할 줄 아는 말 그대로 명배우다. 〈중경삼림〉의 형사 역할도 좋았지만 저 영화의 친일파 정보부 대장 역할도 괜찮았다. 무엇보다 가면을 쓰지 않은 점이 마음에 들었다. 자신의 매국행위를 애국의 방편인 양 윤색하는 사람들과 달리 그는 자신의 행위를 미화하지 않았다. 자신을 있는 그대로 드러내기. 그건 쉽지 않은 일이다. 정보부 대장은 말하자면 아버지 같은 사람과 대척점에 서 있는 캐릭터이다. 아버지를 생각하자 갑자기 머리가 지끈거린다. 희주는 엄지로 귀밑을 누른 채 중지를 구부려 관자놀이 부위를 꾹꾹 누른다. 김 선생이 가르쳐 준 방법인데 그런대로 효과가 있다.

희주는 네 번째 정거장에서 내린다. 정거장 바로 앞에 금강제화가 있다. 희주는 쇼윈도 앞에서 걸음을 멈춘다. 크리스마스를 앞두고 디스플레이를 새롭게 한 모양이다. 진열상품의 태반은 요즘 유행하는 앵글부츠이다. 정장에 어울릴 법한 단화를 지나 희주의 눈길은 좌측 코너에 전시되어 있는 남성용 구두에 머문다. 구두코가 조명을 받아 반질반질 윤이 흐른다. 머릿속에 먼지가 끼는 듯하다. 새벽같이 일어난 엄마가 맨 먼저 하는 일은 아버지의 구두를 닦는 거였다. 어쩌다 그 일을 거를 때면 당장에 불호령이 떨어졌다. 가끔 찾아오는 회사직원들이나 일가친지 앞에서 툭하면 역지사지니 동고동락을 운운하던 아버지였다. 그 때문일까, 희주는 반짝거리는 구두를 볼 때마다 거부감이 들었다. 어디 구두뿐이랴, 그게 무엇이 되었건

18

지나치게 빛이 나는 건 어두운 것과 매한가지였다. 동전의 양면이 한 몸에 붙어 있듯이 깨끗함과 더러움도 실상 별개의 것이 아니다. 뭔가를 깨끗하게 하기 위해서는 다른 뭔가를 더럽혀야 하는 법이다. 더욱이 진실은 반짝반짝 광이 나기보다 먼지를 뒤집어쓰고 있는 경우가 많다. 희주의 생각은 그랬다.

희주는 골목 안으로 향한다. 수업을 마쳤는지 학원에서 아이들이 우르르 쏟아져 나온다. 아이들 중 몇몇이 조그만 가게로 몰려간다. 맛나분식. 흔한 이름의 분식집이다. 희주도 아이들 뒤를 따라 가게에 들어선다.

만두 접시를 탁자에 내려놓던 주인여자가 희주를 보자 "오랜만이네요." 하며 웃는다. 희주도 웃으며 고개를 숙인다. 여자는 학생들에게 뭐 필요한 게 있으면 말하라고 한 뒤 희주에게 다가와 늘 먹던 걸로? 한다. "네, 떡볶이 주세요." 희주는 고개를 끄덕인다. 희주는 창가에 앉아 떡볶이를 기다린다. 그때 주방으로 통하는 문 입구에 있는 벤자민이 눈에 들어온다. '축, 개업 1주년'이라고 적힌 리본이 달려 있다. 주홍빛으로 쓰여진 '축'자에 희주의 시선이 머문다. 희주는 문득 자신에게도 '축'자를 달 만한 일이 있는지 생각해 본다. 물 한 모금 마실 시간도 안 되어 고개를 흔든다. 대신 갸름한 얼굴 하나가 떠오른다. 엄마다. 지난주 수요일은 엄마가 돌아가신 지 딱 일 년이 되는 날이었다. 특별한 건 없었다. 엄마를 뿌린 강에 가서 잠시 엄마 얼굴을 떠올리다 온 게 다였다. 물론 아버지에게선 연락이 없었다.

떡볶이를 가져온 건 주인여자의 딸이다. "오랜만이네요." 주인여자의 딸 역시 똑같은 방법으로 인사를 건넨다. 두 사람, 웃는 모습은 물론 조용한 성격도 닮았다. 엄마와 난 어떤 점이 닮았지? 희주는 잠시 생각하다 고개를 갸웃거린다. 매운 걸 좋아하는 거 외엔 생각나는 게 없다. 아, 하나 더 있다. 아버지가 만든 세계의 부적격자들. 희주는 주인여자의 딸을 올려다보며 웃는다. "더 예뻐지신 것 같네요." 주인여자의 딸이 얼굴을 붉힌다. 딸이 다른 테이블로 간 사이 주인여자가 납작만두가 담긴 접시를 탁자에 놓는다. "이게 뭐예요?" 희주가 올려다보자 살짝 미소를 짓더니 서비스, 그 한마디만 하곤 주방으로 간다. 늘 느끼는 거지만 여자의 목소리는 미소만큼이나 부드럽다. 그쪽을 죽마고우라고 부르던 애아빠가 불쌍하네요. 그날 들었던 신산한 목소리가 여태도 생생한데. 희주는 삶은 달걀을 쿡 찍어 한입 베어 먹는다. 텁지근하다. 시효가 끝난 우정은 이런 맛일까, 희주는 달걀을 한쪽으로 밀친 뒤 양배추를 자작한 국물에 찍어 먹는다. 설컹설컹 씹히는 맛이 그만이다. 이 집의 떡볶이는 알큰하면서도 개운하다. 양배추를 좋아하는 희주를 위해 주인여자는 오늘도 양배추를 듬뿍 담아 주었다.

"벌써 일 년이 되었네요." 계산대 앞에서 희주는 벤자민을 보며 말한다. "그러게요." 주인여자는 웃으며 고개를 끄덕인다. 잔돈을 세는 주인여자의 얼굴을 희주는 처음 본 사람처럼 살핀다. 엄마와 동년배일 거라는 생각이 든다. 잔돈을 건네던 주인여자와 눈이 마주친다. "찾아줘서 고마워요." 주인여자가 또다시 미소를 짓는다. 분식집보다는 고가구점에 어울리는 사람이라는 생각이 든다. 주머니 속에서 통장을 만지작거리다가 희주는 그냥 문을 열고 나온다. 이번에도 역시 뭐 하나 제대로 묻지를 못했다.

학원 근처에 있는 2층 커피숍에서는 거리를 오가는 사람들이 한눈에 보인다. 남자는 아직 오지 않았다. 희주는 창가에 자리를 잡고 아래를 내려다본다. 사람들의 표정을 읽을 수 없다. 희주는 지하철 출입구를 유심히 살핀다. 비슷한 사람조차 보이지 않는다. 남자는 요즘 들어 약속시간을 예사로 어긴다. 구조조정이다 뭐다 해서 회사 분위기가 살벌해. 변명도 한결같다. 한 무리의 여학생들이 둥글게 서서 수다를 떨고 있다. 줄무늬 니트모자가 눈에 들어온다. 논술강좌를 듣는 그 여자아이다. 갑자기 입맛이 쓰다. 희주는 카운터로 가서 모카초코를 주문한다. 달콤한 초콜릿과 크림을 핥고 싶다. 모자가 가볍게 흔들린다. 여자아이가 고개를 젖히고 웃는다. 그 모습이 낯설다. "학력위조를 한다고 꽁치가 준치 되는 건 아니잖아요." 여자아이는 해결방안과 근거를 묻는 질문에 그게 만병통치약이라도 되는 양 또다시 꽁치와 준치로 응수했다. "하지만 그게 꽁치의 생존전략이라면 문제가 달라지지 않겠어?" 희주가 가볍게 잽을 날렸다. 토론시간이었다. 희주는 먼저 한국사회의 학벌의식을 도마에 올렸다. 뻔한 요리코스는 흥미를 반감시킨다. 아이들의 반응이 시큰둥

했다. 그럴 땐 강사가 화법을 바꿀 필요가 있다. 그러나 말처럼 쉬운 일이 아니다. 강사 경력 5년에 느 거라곤 눈치뿐이다. 원장 눈치 보랴 아이들 눈치 보랴, 아닌게 아니라 강사는 샌드위치 신세다. 그러니까 여자를 그 지경으로 내몬 사회의 책임도 간과할 수 없다는 거지. 희주는 여자아이에게 논리의 다각화와 통합성을 상기시켰다. 목적이 수단을 정당화할 수 없다고 배웠어요. 그럴 듯 했지만 단선적인 답변 수준을 벗어나지 못하고 있었다. 편협한 사고를 가진 아이였다. 급기야 여자아이는 명문대학은 커녕 대학도 안 나온 여자가 비엔날레 예술감독이 된 건 명문대학을 꿈꾸는 학생들에게 상처를 줄 것이라는, 논점을 벗어난 견해를 제시하기에 이르렀다.

"어, 미안해 그러니까……."
한 시간이 지나서야 나타난 남자가 앞자리에 털썩 앉는다. 남자는 말과 달리 전혀 미안한 표정이 아니다. "구조조정은 여전히 진행 중?" 희주의 말에 남자는 대답 대신 컵을 입으로 가져간다. 물을 마시고 난 남자가 희주를 건너다본다. 둘의 눈이 허공에서 부딪친다. 희주는 눈길을 피하지 않는다. 남자도 마찬가지다. "꼭 그렇게 뾰족하게 들이대야 성이 차니?" 남자가 상의 단추를 풀며 불퉁스레 내뱉는다. 희주는 대답을 하지 않는다. 미안하다고 말한 지 채 일 분도 안 되어 힐난하는 걸 보면 알조다. "충분히 생각했어?" 희주는 바로 본론으로 들어간다. 남자가 "벌써 마셨네. 내 것만 시키면 되지?" 하며 딴전을 피운다. 더 이상 묻지 않아도 대답이 어떨지 알 것 같다. 희주는 고개를 끄덕인다. 남자는 상의를 벗어 의자 등받이에 걸쳐놓곤 카운터로 걸어간다.

절대 결혼을 염두에 두고 한 말이 아니었다. 다만 남자의 속마음을 알고 싶었을 뿐이다. 남자와 사귄 지 일 년이 다 되어갈 즈음이었다.

"뭐야, 결혼이라도 하고 싶다는 거야?"

그들이 앉아 있는 공원벤치 앞이었다. 젊은 엄마가 갓난아기를 태운 유모차를 밀고 가고 있었다. "나도 아기 갖고 싶어." 희주의 말에 남자가 시뜻한 표정으로 그렇게 물었다. 희주는 어쩌나 보려고 고개를 끄덕였다. 그게 발단이었다. 남자는 의외로 그 일을 심각하게 받아들이는 눈치였다. "알았어, 생각해 볼 테니." 남자는 어물쩍거리며 화제를 바꿨다. 만남은 우연이지만 이별은 예고된다는 말을 들은 적이 있다. 그렇다면 그날 공원에서 우연히 맞닥뜨린 유모차는 이별의 전령이었다. 결혼이란 말이 입밖으로 나온 뒤 남자와의 만남이 뜸해졌다. 일주일에 한 번 이 주일에 한 번 한 달에 한 번 그렇게 횟수가 줄어들고 있었다. 그러니까 오늘은 한 달만의 만남이다.

희주가 말이 없자 남자는 불편한 기색을 보인다.

"나가서 밥이나 먹을까?"

빈 커피잔을 들어 보이며 남자가 묻는다. 희주는 남자의 존재를 그제야 인식했다는 듯 눈을 크게 뜨고 남자를 본다.

"그래. 아, 아니, 그럴 필요 없어."

희주는 방금 미몽에서 깨어난 사람처럼 남자를 멀뚱히 본다. 남자도 놀란 눈치다.

"무슨 말이니?"

남자의 눈이 그렇게 묻고 있다. 희주는 머리칼을 뒤로 쓸어넘기며 말한다.

"밥은 집에 가서 먹을 거야."

"뭐?"

남자의 눈이 커진다.

"앞으론 꾸준히 각자 알아서 먹는 걸로."

희주는 자리에서 일어나 곧장 출입구로 걸어간다.

희주는 시계를 본다. 10시 20분이다. 기다리는 게 일이군 나는. 중얼거리며 빈 잔에 술을 따른다.

"술꾼이 다 되셨구먼."

누군가 희주의 어깨를 치며 옆자리에 앉는다. 김 선생이다.

"벌써 눈이 게게 풀렸어."

희주의 얼굴을 본 김 선생이 단숨에 술잔을 비운다. 소주 두 병이 금세 바닥을 드러낸다.

두 사람은 나이트클럽으로 자리를 옮긴다. 주로 20대가 찾는 곳이지만 개의치 않는다. 둘은 사람들을 비집고 들어가 귀청을 때리는 하드록에 맞춰 몸을 흔든다. 희주의 머리가 좌우로 부챗살처럼 펴지곤 한다. 김 선생도 만만치 않다. 저런 끼를 두고 어떻게 살았나 싶게 김 선생의 율동은 무용수 못지않게 현란하다. 둘이 테이블로 돌아오자 웨이터가 다가와 김 선생의 귀에 대고 뭐라고 속삭인다. 김 선생이 고개를 끄덕인다. 잠시 후 세련된 캐주얼 룩 차림의 사내 둘이 맞은편에 앉는다. 희주의 눈길이 둘의 신발로 향한다. 둘 다 스니커즈 스타일이다. 하나는 갈색, 또 하나는 흰색이다. 갈색은 발렌티노, 흰색은 디올이다. 한눈에 봐도 좀 놀아본 치들이다.

"이쪽 누나 저쪽 누나 두 분 다 미인이신데요."

발렌티노가 아부성 멘트를 날린다. 누나? 희주와 김 선생의 눈이 마주친다.

"기가급으로 파악될 만큼 우리가 찌그러졌냐?"

김 선생이 희주의 귀에 대고 말한다. 희주는 고개를 끄덕인다.

"에이 좋네 뭘. 지금 아니면 언제 이런 꽃미남 동생들과 놀아보겠어!"

희주가 부러 큰소리로 말하며 술잔을 든다.

희주 맞은편에 앉은 디올이 희주를 보고 엄지손가락을 세운다.

"거짓말 아녜요. 정말 미인이세요."

희주도 웃는다. 너도 아는 모양이네. 우리 학원 여자강사 뽑는 기준이 첫째가 좋은 미모, 둘째가 좋은 인상, 셋째가 좋은 몸매, 넷째가 좋은 실력이라는 걸. 그러나 희주가 건넨 말은 그보다 훨씬 짧았다.

"그쪽도 미남이에요."

김 선생이 취기 어린 목소리로 건배를 외친다. 희주는 디올과 잔을 부딪친다.

"제법 잘 노시던데, 뭐하는 분들일까?"

김 선생이 빙글거리며 발렌티노에게 묻는다.

"아 네, 펀드매니저라고 들어보셨는지……."

희주는 하마터면 웃음을 터뜨릴 뻔했다. 짜샤, 니들이 펀드매니저면 우린 교수님들이다. 희주는 그러나 속내를 감추고 아 펀드매니저 하며 감탄하는 표정을 짓는다. 둘 다 벌쭉 웃는다. 갑자기 자리가 불편해지기 시작한다. 그렇다고 이제 와서 물릴 수도 없다. 그때 블루스가 흘러나온다. 발렌티노가 김 선생의 손을 잡는다. 김 선생은 못이기는 척 그의 손에 이끌려 스테이지로 나간다. 디올이 우리도, 하며 손을 내미는 걸 희주가 가볍게 밀었다.

"그냥 술이나 마시자고."

디올은 묻지도 않고 희주 옆자리로 자리를 옮긴다.

"누나, 이것 좀 드세요."

디올이 포크로 파인애플 조각을 찍어 희주에게 권한다. 그러면서 한 손을 슬쩍 희주의 허벅지에 내려놓는다. 희주는 저도 모르게 다리를 움츠린다. 녀석은 말끝마다 누나를 갖다 붙인다. 가슴이 뻐근해지더니 한 남자의 얼굴이 떠오른다.

백화점의 문화센터에서 만난 남자였다. 카메라 강좌였다. 수업의 절반은 강의실에서, 나머지 절반은 야외에서 이루어졌다. 주로 유명한 유적지나 관광지를 찾았다.

"풍경을 무작정 파인더에 가두려고 하면 좋은 작품이 안 나와요."

남자가 카메라를 쓰다듬으며 말했다. 눈에 보이는 큼직큼직한 것을 찍기에 여념이 없는 희주에게 남자는 카메라의 구조와 풍경의 구도에 관해 설명했다.

"풍경을 찍기 전에 먼저 내가 그 풍경의 일부가 되어 보는 거예요. 잊지 마세요. 작품은 만들어진 풍경을 옮기는 게 아니라 스스로 풍경을 만들 때 나온다는 사실을."

남자는 손가락으로 사각형을 만들어 보이며 말했다. 스스로 풍경을 만든다? 그럴 듯한 말이었다. 남자는 니콘FM2를 목에 걸고 있었다. 배터리가 없어도 노출계를 제외한 모든 기능이 제대로 작동되는 기계식 필름카메라인데 셔터속도가 최고라고 했다. 편의성에서는 디카보다 못하지만 손맛이 다르다는 말도 덧붙였다.

"셔터와 조리개를 스스로 맞춰야 하니 그만큼 신중해지고요. 아무래도 깊은 색감을 얻으려면 수동이 낫지요."

남자의 그 말에 혹한 희주는 집에 돌아오기 무섭게 수동카메라를 주문했다. 희주의 마음을 단번에 사로잡은 그 남자는 알고 보니 희주보다 네 살이나 어렸다. 두 번째 만났을 때 남자는 희주에게 누나라고 불러도 되느냐고 물었다. 일주일 뒤 키스를 하고 나선 말을 놓아도 되느냐고 물었다. 한 달 뒤 섹스를 하고 나선 별다른 요구 사항이 없었다. 흔해빠진 연애 코스였다.

"강 선생 나가지."

김 선생이 입꼬리를 올리며 말했다. 그건 김 선생이 화가 났다는 뜻이다.

"왜 무슨 일인데?"

희주가 김 선생을 올려다보며 묻는다.

"일단 나가자고."

김 선생이 희주의 팔목을 당긴다. 희주는 핸드백을 챙긴다. 김 선생이 비틀거리며 통로로 나선다. 희주 옆에 앉아 있던 디올이 엉거주춤 선 자세로 스테이지 쪽을 본다. 김 선생과 같이 나갔던 발렌티노가 주머니에 손을 찌른 채 이쪽을 보고 있다. 김 선생은 그를 흘긋 보더니 곧장 출구로 향한다. 발렌티노가 김 선생을 향해 가운뎃손가락을 내민다. 희주가 바닥에 떨어진 카드지갑을 줍는 사이 발렌티노가 제자리를 찾아가서 앉는다.

"야, 갑자기 왜 저러니?"

목소리 하나가 귓바퀴를 돈다.

"꼴값을 해요."

또 다른 목소리가 와서 꽂힌다. 자리를 빠져나가던 희주가 돌아본다. 발렌티노가 혀를 쏙 내밀어 보인다.

"스킨십 좀 하자는데 존나 야리질 않냐."

"지랄, 그렇게 처음부터 노땅들 고르지 말랬잖아."

디올이 희주를 보며 이죽거린다.

"아, 빈 지갑이 불쌍해서 그랬다 왜?"

발렌티노가 디올의 어깨를 두드린다.

"쌩까고 술이나 마시자."

둘의 목소리가 음악소리에 묻혀 들리지 않는다. 희주는 피식 웃으며 걸음을 옮긴다.

김 선생은 아직 자고 있다. 새우처럼 웅크린 자세다. 희주는 폰을 켠다. 수신목록 창에 12란 숫자가 찍혀 있다. 열어 보니 죄다 스팸 광고다. 전자우편을 통해 불특정 다수의 사람들에게 보내는 광고. 검색창에 스팸 광고를 치면 그렇게 정의되어 있다. 개개인을 특정 인물로 지정해 보내는 광고가 있다면 대박 날 텐데. 그런 엉뚱한 생각을 하며 희주는 광고를 지운다. 문득 시계를 본다. 벌써 9시가 지났다. 어젯밤 일들이 뒤죽박죽 떠오른다. 클럽을 나오자마자 택시를 잡아탄 두 사람은 곧장 집으로 왔다. 옷도 벗지 않은 채 냉장고에 있던 맥주를 전부 들어낸 기억이 난다. 냉장고에서 물을 꺼내 마신 희주는 원룸 내부를 둘러본다. 자신의 방에 비해 한결 정갈하고 안온하다. 희주는 20년이 다 되어가는 연립주택의 방 한 칸을 전세로 얻어 살고 있다. 그렇긴 해도 원룸 역시 방 하나를 빼면 거실을 겸한 주방과 코너에 붙은 화장실이 전부다. 하긴 혼자 사는데 집이 넓을 필요는 없다. 주방 벽에 걸린 액자가 눈에 들어온다. 김 선생이 머리가 허옇게 센 노파와 나란히 앉아 있는 사진이다. 희주의 시선이 노파의 얼굴에 머문다. 벙긋 웃고 있는 모습에서 김 선생의 모습이 비친다.

"우리 엄마."

방금 방에서 나온 김 선생이 헝클어진 머리를 쓸어 올리며 액자를 본다.

"일어났어?"

희주는 돌아보며 고개를 끄덕인다.

"요양원에 오래 계시다 이 년 전에 돌아가셨어."

희주는 노파의 얼굴을 찬찬히 뜯어본다. 온화한 인상이다.

"이 집은 엄마가 살던 집을 팔고 장만한 거야. 그 집은 이혼한 아버지가 위자료 조로 엄마한테 준 거고."

김 선생은 묻지도 않은 말을 늘어놓는다. 위자료? 엄마가 생각난다. 그렇다면 그 돈은 엄마의 위자료였던 셈인가. 희주는 까닭없이 소침해진다.

"엄마가 돌아가셨을 때 아버지한테 말 안 했어."

김 선생은 할 말이 더 있는 기색이다.

"엄마가 위독하다는 소식을 듣고 아버지한테 전화했었지. 그래도 알려야 할 것 같아서. 근데 명색 아버지라는 사람이 뭐라고 한 줄 알아? 진즉에 인연이 끝난 사이다. 그 말뿐이었어. 그 말을 듣는 순간 난 내가 많이 무서워하고 있다는 걸 깨달았지. 엄마가 돌아가시면 정말로 완벽하게 혼자가 되는구나……."

김 선생이 말을 끊고 어때, 하는 표정으로 희주를 쳐다본다. 희주는 물끄러미 김 선생의 얼굴을 본다.

"엄마는 그렇다 쳐도 날, 명색이 피붙이인 날 위해서 따스한 위로의 말 한마디쯤 해줘야 하는 거 아니니?"

김 선생의 입가에 냉소가 흐른다.

"너무 억울하다는 생각이 들어 그날 자정이 다 된 시간에 그 집을 찾아갔지. 아버지라는 사람이 통 전화를 받지 않았거든. 벨을 세 차례나 눌렀어. 인터폰에서 두런두런 말소리가 나더니 한참 뒤에야 문이 열리더군. 나보다 서너 살 어려 보이는 여자애가 떡 버티고 있었지. 그 애의 어깨 너머로 노란 불빛이 보였어. 그 와중에도 참 평화로운 곳이군, 뭐 그런 생각을 했던 것 같아. 내가 맘을 다잡고 말을 꺼내려는 순간 그 애가 씩 웃으며 이러는 거야. 듣던 대로 단순한 분이네. 위독하다고 하면 이쪽에서 돈이라도 줘야 해요? 아니면 찾아가서 병수발이라도 해야 해요? 새아버지 말로는 집도 주고 통장도 하나 줬다던데."

"눈 한 번 깜빡하지 않고 말하더군. 너무 어이가 없어 말문이 막혔을 거야 내가. 그러다 막 소리 질렀지. 무슨 말을 했는지는 하나도 기억 안 나. 내가 잠시 말을 멈추고 숨을 고르고 있으니까 그 애가 하시는 말씀, 때로는 아닌 척, 모르는 척, 약한 척, 연기도 필요한 법인데 언닌 그걸 못하네요, 나도 하는데. 그렇게 살면 인생이 고달파요."

그러곤 쾅, 문 닫히는 소리. 김 선생의 입꼬리가 올라간다.

"나보다 한참 어린 애한테 처세술을 배우게 될 줄 누가 알았겠어."

희주는 애매하게 웃는다. 김 선생의 말을 듣다 보니 갑자기 낫살 먹은 노인네가 된 것 같았기 때문이다.

"잊어버려. 손자한테도 배울 게 있다고 하잖아."

말해놓고 보니 이 상황에 전혀 어울리지 않는 말이다. 뚱한 표정을 짓던 김 선생이 뭐라고 한마디 하려고 하다 손사래를 친다. 관두자. 이제 와 말해 뭐하겠어.

"올해는 등급에 따른 점수차가 크기 때문에 대학별 전형을 잘 살펴야 해. 일단 최종 성적표 나오는 걸 보고 정하자. 그리고 논술이 문젠데 상투적이고 정형화된 논지는 피해야 할 거야."

희주는 여자아이에 대한 평가자료를 훑으며 말했다.

"선생님 들어갈 때는 경쟁률이 어땠어요?"

여자아이가 희주의 눈을 응시하며 묻는다. 응? 희주는 고개를 들어 여자아이를 본다.

"사실은 제가 선생님이 다니신 K대학 국문과를 지원하려고요."

"으응…… 그때는 지금만큼은 세지 않았지."

희주는 대충 얼버무린다.

"선생님이 다니실 때도 김수익 교수님 계셨어요?"

여자아이는 뭐가 궁금해서 자꾸 묻는 것일까. 희주는 '대학지원기준표'를 보는 척한다.

"저도 그렇지만 우리 엄마도 그분 소설을 좋아해요. 아 참, 우리 아빠도 그 학교 출신인데 아빠가 선생님 학번이 어떻게 되느냐고 묻던데요?"

희주는 버스를 세 대나 그냥 보냈다. 버스가 만원이어서 그랬던 건 아니다. 이 기분은 뭘까. 희주는 길 건너편을 무연히 바라본다. 남자와 여자가 팔짱을 끼고 의상실 앞에 서 있다. 여자가 손가락으로 전시된 옷을 가리킨다. 남자가 뭐라고 말했는지 여자가 남자의 팔을 가볍게 때린다. 좋은 구도다. 옷장 속에 처박아 둔 카메라가 떠오른다. 아직 기능을 제대로 익히지 못했다. 아깝다는 생각은 들지 않는다. 다만 뭔가 자꾸 속았다는 기분이 든다. 남자 말대로라면 스스로 풍경을 만들었어야 했다. 그래야 작품이 나온다고 했다. 딴은 맞는 말이다. 여태껏 풍경은 보는 것 혹은 우연히 지나다가 그 속에 담기는 것으로 알고 살아왔다. 엄마도 마찬가지였다. 희주가 아는 한 엄마는 언제나 풍경에 장식될 소품이기를 자청했다. 당신이 서 있는 곳의 구도에 대해 전혀 의심하지 않았다.

희주는 네 번째 버스에 올랐다. 빈자리가 많다. 참 일요일이지. 희주는 날짜를 확인할 양으로 주머니에 손을 넣는다. 핸드폰이 없다.

김 선생 집에 두고 온 게 분명하다. 늘 손에 잡히던 것이 없으니 허전하다. 희주는 핸드폰 대신 통장을 꺼낸다. 주위를 살피곤 통장을 펴 본다. 물이 번진 자국 때문에 숫자는 간신히 알아볼 정도이다. 마지막으로 찍힌 출금 액수는 이천팔백만 원, 잔액은 만칠천 원이다. 어떻게 나한테 이럴 수가. 아버지는 엄마가 통장을 갖고 나갔다는 사실을 알고 처음엔 저주를 퍼붓다가 나중엔 자신의 머리를 쥐어박았다. 어떤 의도였는지 모르지만 아버지는 엄마 이름으로 통장을 개설했었다. 경찰로부터 엄마가 익사체로 발견되었다는 사실을 통보받은 아버지는 거두절미하고 출금액의 행방을 물었다. 통장은 가죽 지갑 속에 들어 있었는데 그 지갑은 언젠가 아버지가 엄마에게 생일 선물로 사준 것이었다. 아버지는 잔액란에 찍힌 숫자를 뚫어져라 보고 있었다. 아버지의 눈은 충혈되어 있었다.

다행히 손님이 없는 듯하다. 가게 유리창에 반사된 빛이 눈을 찌른다. 희주는 눈을 찡그린다. 기억의 지층에서 어떤 목소리가 쨍, 하고 튀어오른다. 여자 목소리였다. 처음엔 벼린 칼날 같았던 여자의 목소리는 이윽고 개울물 소리로 변했다. 그것도 꽁꽁 언 얼음 아래에서 흐르는. 여자는 아버지가 진작 송수화기를 팽개치고 나간 걸 모르고 있었다. 방에서 나온 희주는 송수화기를 제자리에 놓으려다 그 목소리를 들었다. 여자의 맥락없는 얘기를 듣는 동안 희주는 입술을 깨물고 있었다. 참다 못한 희주가 대체 무슨 일이냐고 물었다.

전화선 저쪽 여자는 한동안 침묵을 지키더니 누구냐고 되물었다. 희주가 아까 그분의 딸이라고 하자 길게 한숨을 내쉬더니 자초지종을 털어놓았다. 그때쯤 여자의 목소리는 돌처럼 가라앉아 있었다. 그날 희주는 아버지가 숨겨온 비밀을 알게 되었다. 아버지가 고향 친구와 동업을 했다는 것. 아니, 말이 동업이지 사실은 고향에서 화훼농원을 경영하던 친구를 꾀어 회사를 차렸다는 것. 시류에 편승하여 유아용 장난감을 산더미처럼 찍어낸 회사는 중국산 저가제품이 밀려들자 이내 기울기 시작했다는 것. 자금을 댔던 아버지의 친구는 억병으로 취한 채 귀가하다 교통사고를 당했다는 것. 끝으로 아버지의 친구는 그때까지도 자신의 파트너가 상고 출신이라는 걸 까맣게 모르고 명문대 경영학과 졸업에 해외유학까지 갔다 온 재사才士인 줄 알고 있었다는 것.

"어쩐 일이세요, 일요일인데."

주인여자가 놀란 표정으로 희주를 맞는다.

"아 네, 지나가는 길에……."

희주의 입에서 엉뚱한 말이 나온다. 희주의 얼굴을 빤히 쳐다보던 주인여자가 희주를 창가 자리로 안내한다. 주인여자는 웬일인지 주문을 받지 않고 희주 앞자리에 앉는다. 희주는 주머니에 든 통장을 만지작거린다.

"세월이 참 빨라요."

주인여자가 리본이 달린 화분을 보며 입을 뗀다. "아, 네." 희주도

화분을 본다. 주인여자가 희주 쪽으로 고개를 돌린다. 희주와 눈이
마주친다.

"우린 벌써 아가씨의 아버지를 용서했답니다."

희주의 동공이 커진다.

"어, 어떻게……."

여자가 고개를 끄덕인다.

"아가씨의 어머니를, 그러니까 마지막 돈 봉투를 건네던 날까지
치면 세 번 만났지요. 다행히 저는 기억력이 그다지 나쁜 편이 아니
에요. 아가씨가 처음 가게에 온 날은 긴가민가했어요. 두 번째 온 날
은 거의 확신에 가까웠고. 그러니까…… 아가씨의 얼굴은 어머니와
판박이였어요. 그러다 언젠가 아가씨가 들고 온 강의노트 표지에 쓰
인 이름을 보고 제 생각이 틀리지 않았다는 걸 알았지요. 그러자 전
에 전화로 들은 목소리까지 어렴풋이 기억나더군요. 아가씨 어머니
가 딸 얘기를 많이 했었어요. 우리 집 아이와 같은 또래라는 걸 아신
뒤부터."

여자가 주방에 있는 딸을 쳐다본다.

"돈 봉투라고 하셨어요?"

희주의 목소리가 떨려나온다. 주인여자가 고개를 끄덕인다. 막연
히 짐작만 했던 일이다. 희주는 새삼스레 실내를 둘러본다.

"어머니가 그러시더군요. 바깥양반이 뒤늦게 양심의 가책을 느끼
고 마련한 돈이라고. 볼 면목이 없다고 해서 대신 왔다고. 그 정도

모으자면 힘들었겠다 싶더군요. 그때쯤 회사가 거의 거덜 났다는 걸 알고 있었으니까. 아무튼 그 돈으로 애들 아빠 가시는 날까지 뒷바라지 하고…… 조금 남은 돈으로 이 분식집을 냈어요."

희주는 가만히 물잔을 들어 입에 가져간다.

"우리 엄마가 정말 그러셨어요? 그 돈, 우리 아버지가 양심의 가책을 느끼고 마련한 돈이라고?"

희주는 물잔을 내려놓으며 묻는다. 주인여자가 다시 고개를 끄덕인다.

"어머니 잘 계시죠? 언제 시간 나면 모시고 오세요. 사실 언제 오시나 늘 기다렸답니다."

여자의 말을 들으며 희주는 엄마가 만든 풍경을 그려 본다. 아버지의 허물을 껴안은 건 당신의 풍경에 그늘을 드리우지 않기 위함인가.

김 선생 자리가 비어 있다.

"사표를 냈다고 하던데……."

앞자리의 이 선생이 고개를 갸웃거리며 말한다. 희주는 비상계단으로 나와 전화를 건다. 신호가 일곱 번쯤 울리고서야 김 선생이 받는다. 김 선생은 희주가 물을 틈을 주지 않는다. 조그만 음식점을 방금 계약했다며 다짜고짜 이력서를 준비하란다.

"웬 음식점? 나보고 주방을 맡으라고?"

희주는 픽 웃으며 어이없다는 표정을 짓는다.

"학원으로 개조할 거야. 건물주하고도 얘기가 다 됐어. 강의실 두 개 정도는 나올걸."

그러면서 김 선생은 변두리이긴 하지만 주위에 학원이 없어 해볼 만하다는 말을 덧붙인다.

"학원 홍보물에 쓸 글 좀 만들어 두고."

이쪽의 의중은 안중에도 없다는 듯 김 선생은 저녁에 다시 통화하자며 전화를 끊는다.

수능이 끝나자 원장은 강사들을 진학 상담에 투입했다. 강의하랴 상담하랴 강사들은 눈코 뜰 새가 없다. 상담실 한쪽에 광고전단지가 쌓여 있다. 희주는 한 장 꺼내어 읽어 본다. 본 학원이 배출한 자랑스런 이름이란 제하에 의예과와 한의대 수시모집에 합격한 학생들 이름이 굵은 고딕체로 박혀 있다. 하단엔 강사들의 사진과 간단한 약력이 적혀 있다. 김 선생의 사진과 이름은 어디에도 없다. 전단지를 주문한 날짜를 따져 본다. 김 선생의 퇴출은 예정된 것이었다. 취업난이 심각한 요즘 같은 불경기엔 젊고 실력 있는 강사는 얼마든지 구할 수 있을 것이다. 한숨이 나온다. 원장의 얼굴에 아버지의 얼굴이 겹쳐진다. 강희주. 그 이름 아래의 약력란을 본다. 언제나처럼 사진과 이름 외엔 죄다 빌려온 것들이다.

"엄마랑 의논한 끝에 내린 결론이에요. 저, 1지망은 K대학 국문과로 할래요. 제 점수면 충분하겠죠?"

여자아이가 다소 상기된 얼굴로 묻는다. 지금 성적이라면 굳이 논술고사는 치르지 않아도 되겠다고 말해 준다.

"선후배가 될지도 모르는데 앞으로 잘 지내기로 해요."

여자아이가 눈웃음을 지어 보인다. 희주는 잠시 망설이다가 입을 연다.

"미안하지만 얘, 너하고 난 절대 선후배 사이가 될 수 없어."

여자아이의 눈이 휘둥그레진다.

"그러니까…… 그래, 난 그냥 꽁치답게 살기로 했단다."

아연한 표정을 짓고 있는 여자아이를 내보낸 뒤 희주는 노트북을 켠다. 희주는 김 선생이 부탁한 홍보 글을 작성한다. 강사 소개란부터 만든다. 먼저 알맞게 칸을 나눈다. 사진은 일상에서 찍은 자연스런 모습으로 한다. 특히 두 사람의 학력과 소개 글이 들어갈 칸은 꽁치가 움직이기에 충분할 정도의 공간을 배정한다. 시험 삼아 자신의 이름 아래 대학 이름을 기입해 본다. 그 앞에 지역 이름이 들어간 수식어도 곁들인다. 토씨 하나 빠뜨리지 않는다. 심볼 마크도 정확하게 복사해 넣는다. 소개 글 아래의 여백에 참고란을 만들어 지방대학의 활로에 대해 몇 자 적을까 하다가 주제넘은 짓 같아 참기로 한다. 아무튼 날것 그대로 풀어놓으니 비로소 구도가 안정돼 보인다.

내친김에 교육강령과 단계별 교육지침 등 운영 전반의 분장을 위한 칸도 넉넉하게 만들어 둔다. 꼭 필요한 것부터 개괄적으로 써 나간다. 어쩐지 칸 하나하나가 방처럼 보인다. 자신이 속한 방을 새삼스레 쳐다본다. 파드닥, 소리가 난 듯도 해서 희주는 귀를 세운다.

윤혜민의 집

욘혜민의 집

스위치를 올리자 유리로 세공된 튤립 두 송이가 환하게 빛을 발한다. 티테이블 한쪽에 세워둔 액자가 눈길을 끈다. 빙하를 배경으로 딸아이와 찍은 사진이다. 아이는 주옥의 품에 안겨 해맑게 웃고 있다. 주옥은 아이의 눈을 빤히 쳐다본다. 미혼모란 말이 귓전에 맴돈다. 주옥은 방으로 들어가 회사에 가져갈 서류를 정리한다. 그때 휴대폰에서 진동음이 울린다. 주옥은 서류를 들지 않은 손으로 버튼을 누른다. 발신자를 알 수 없는 메시지가 뜬다.

밝은 모습 보니까 좋더라. 시간 나면 구경 와. 기초공사는 끝났고 지금은 통나무 가공 중. 엔진톱과 그라인더를 쓰기 시작한 뒤부터 새들도 숲을 뜨는구나! 어쩌겠어, 조鳥 선생께 양해를 구하는 수밖에.

기초공사? 주옥은 한참만에야 고개를 끄덕인다. 준이 보낸 메시지다. 새들도 숲을 뜨는구나. 황지우의 시 '새들도 세상을 뜨는구나'를 패러디한 것이다. 그리고 조 선생. 장난으로라도 동물을 선생으로 호칭하는 사람은 주옥이 알기에 준, 그 사람밖에 없다. 학보사 동우회의 정기모임이 있던 날이었다. 통유리를 통해 모교의 건물을 볼 수 있는 6층 카페였다. 인원을 세어 보니 열한 명이었다. 이게 다야? 주옥이 고개를 갸웃거리자 이만하면 많이 모인 거라고 같은 학번인 은주가 말했다. 주옥은 그때까지도 그를 알아보지 못했다. 거뭇한 턱수염에 굵은 안경테까지, 주옥이 알고 있던 모습과는 전혀 딴판이었다. 옆자리의 은주가 옆구리를 쿡쿡 찔렀다. 그가 뭐라고 했던 모양이다. 얼굴을 마주하고서야 알아보았다.

"오랜만이야. 내 모습이 좀 변했지?"

주옥은 저도 모르게 아, 하고 입을 벌렸다. 준이 싱긋 웃으며 악수를 청했다. 애써 웃음기를 담은 얼굴과는 달리 목소리는 미세하게 떨려 나왔다.

"눈을 보니 알겠네요."

흑백사진에 어울리는. 뒷말은 속으로 삼켰다. 그건 빈말이 아니었다. 다른 건 몰라도 그의 눈빛은 여전했다. 아니, 그것도 좀 달라지긴 했는데 예전보다 그늘이 좀 더 짙어진 정도. 주옥은 그의 미소가 신경 쓰였다. 그건 어딘가 모르게 간신히 버텨나간다는 인상을 주었다. 다들 비슷한 시기에 대학을 다닌 이들이었다. 학과 선배이기도 했던 준은 당시 편집장을 맡고 있었다. 그는 매사에 깐깐했던 전임과는 달리 기자들의 자율성을 존중하는 리버럴리스트였다. 간혹 그게 지나쳐 강단 있게 처리해야 할 사안을 미적거리다 낭패를 보는 경우도 적지 않았다. 졸업 후 건축설계사무소를 운영하던 그는 가족을 잃은 뒤 한동안 칩거하다가 캐나다로 떠났다.

"귀국했다는 얘길 들은 게 꽤 오래전인데, 요즘 어떻게 지내세요?"

가만히 심호흡을 한 뒤 물었다.

"집을 짓고 있어. 통나무집."

"네? 통나무집이라고 그랬어요? 어디에……."

"목木 선생과 조鳥 선생이 사는 마을."

온천호텔을 지나 10분쯤 달렸을까, 상류동이라는 표지판이 나온다. 거기서부터는 내리막길이다. 화살표가 왼쪽을 가리킨다. 주옥은 조심스레 핸들을 돌린다. 제방과 엇비스듬히 교차하는 굴다리를 통과하자 비포장도로가 이어진다. 군데군데 파여 있어서 자동차는 지그재그를 그린다. 괜한 짓 하는 게 아닐까. 지그시 입술을 깨문다. 그렇다고 이제 와서 차를 돌릴 수도 없다. 좁은 길에서 차를 돌리다가 자칫 수로에 빠지기라도 하면 이만저만 낭패가 아니다. 그러니 덜컥 약속을 하지 말았어야 했다. 의뢰인을 만나 랩톱컴퓨터에 신상에 관한 데이터를 입력한 뒤 회사로 돌아가던 길이었다. 준이 보낸 두 번째 메시지였다. 완성된 정자를 보여주고 싶다고 했다. 통나무집이란 게 정자를 말한 거였나? 이 도시에 정자를 세울 곳이 어디 있다고. 주옥은 준이 농담을 한다고 생각했다. 주옥의 메시지에 곧바로 답장이 왔다.

— 거기야 도시지만 여긴 시골이야. 그리고 내가 구입한 땅에 내가 직접 지은 정자야.

회사에는 파티 장소를 둘러본 뒤 곧바로 퇴근하겠다고 둘러댄 뒤 내비게이션에 새 주소를 입력했다. 주옥이 모는 자동차는 고만고만한 크기의 식품공장들을 지나 마을로 진입한다. 마을은 공장 지대에서 산 쪽으로 5분 거리에 있다. 하천을 가로지르는 다리를 건너 산자락을 더듬어 올라가자 투박한 옹벽이 나타난다. 완만한 너덜겅에 위치한 집터는 인위적으로 축대를 쌓아 조성한 곳이다. 바로 곁에 뽕밭이 있는 걸로 보아 거기도 얼마 전까지는 경작지였을 것이다. 내비게이션에서 안내 종료를 알리는 멘트가 나온다. 주옥은 차창을 연다. 아닌 게 아니라 새소리는 전혀 들리지 않는다. 적당한 곳에 주차하고 소리 나는 곳으로 향한다. 주옥을 본 준이 손에 든 걸 내려놓고 손을 흔든다.

"무슨 작업이에요?"

"필링과 샌딩이라고, 나무의 껍질과 옹이를 제거한 뒤 그라인더로

표면을 정리하는 작업이야."

"면앙정가俛仰亭歌에 나오는 풍경과는 영 다른데요."

뭐, 무슨 풍경? 주옥의 말에 준은 목에 걸친 타월로 얼굴을 훔치며 반문한다.

"에이, 그냥 해본 소리예요."

주옥은 손을 젓고 주위를 둘러본다. 기둥을 세운 땅 주변에 잔뜩 쌓여 있는 원목과 각종 공구들, 그리고 야무지게 생긴 중장비 한 대.

"저 차는 뭐예요?"

"응. 지게차. 나무를 운반하려고 빌린 거야. 장정 서넛이 달려들어도 옮기기 힘든 물건을 저 땅꼬마가 거뜬히 해결하지. 운전석 앞에 기다랗게 달린 ㄴ자 모양의 쇠막대 보이지? 포크라고, 거기에 짐을 얹어."

"기둥을 보니 작은 규모가 아닌데, 무슨 집이예요? 근데 혼자 일해요?"

"그럴 리가. 모두 다섯인데 일기예보에 오늘 비가 올 거라고 해서 나오지 말라고 했어. 근데 비가 안 오네. 그리고, 당연히 내가 살 집이지."

주옥은 준이 안내하는 대로 걸음을 옮긴다. 문자메시지로 알려온 정자가 거기에 있다.

"집도 짓기 전에 정자부터 세워요?"

신발을 벗고 먼저 정자에 오른 준이 손을 내민다. 괜찮은데, 하면서도 주옥은 그의 손을 잡고 정자에 오른다. 꽤 많은 술병과 빈 박스, 음료병과 잡동사니들이 너저분하게 흩어져 있다. 냄비와 가스버너 따위의 취사도구도 눈에 띈다.

"다들 여기서 식사를 해. 간이식당인 셈이지. 좀 지저분하지?"

그러면서 준은 나무 소반을 당기며 앉지, 한다. 패러글라이더를 닮았네. 천장을 올려다보며 주옥이 중얼거린다.

"본격적인 집짓기에 앞서 만들어본 거야. 예행연습이라고나 할까. 서 있지 말고 앉으라니까."

"아 네."

주옥은 소반 앞으로 다가앉는다. 준이 보온병에 든 걸 컵에 따른다. 뭔지 모르지만 발그레한 빛을 띠고 있다.

"오미자차야. 얼음조각을 넣었는데 괜찮겠어?"

"목이 말랐는데 잘됐군요."

주옥은 연두색 캡슐약을 입에 넣고 오미자차를 들이켠다. 준은 무슨 약인지 묻지 않는다. 얼음 조각을 물고 있으니 아이슬란드에서 본 피오르가 떠오른다. 빙하의 침식으로 만들어졌다는 강. 그리고 그 위를 둥둥 떠다니던 빙하. 그것을 가리키며 아이는 수줍게 웃었지. 알라스카 루피네Alaska Lupine, 이름도 생소한 보라색 꽃을 한 아름 안고 있는 아이의 모습도 생각난다. 아이의 양부모가 주옥을 배려해 침대 머리맡에 놓아둔 사진이었다. 아이의 천진한 얼굴은 오로라보다 아름다웠다. 빙하의 냉기가 전해졌을까, 열기가 시원스레 몸 밖으로 발산되는 기분이다. 준이 한 잔 더, 하며 권한다. 주옥은 사양하지 않는다.

"그러니까……."

준은 말을 꺼내 놓곤 복사한 설계도를 뒤적거린다.

"무슨 얘긴데 하다가 말아요?"

주옥이 채근하자 얼굴을 붉힌다.

"아, 아냐. 졸업하고 처음 갔지 아마. 학보사 모임 말야. 잊고 지 냈는데 우연히 아는 후배와 통화하면서 얘길 들었지. 엉겁결에 참석한 거야."

모임에서 주옥을 만난 건 그러니까 잉여 소득쯤 된다는 투다. 은 근슬쩍 비껴가는 저 태도. 주옥은 준을 가만히 바라본다.

"내가 알고 있는 준 선배가 맞네. 하나도 안 변했어."

주옥의 말에 준은 손바닥으로 뺨을 문지른다. 당황할 때면 나오는 저 버릇도 여전하다.

"고3 때 담임이 시조시인이었어요."

주옥이 다시 입을 연다.

"유유자적, 천석고황, 물아일체, 그리고 목가적인 삶을 입에 달고 다니던 분이었죠. 대학 입학식을 며칠 앞두고 몇몇 친구들과 그분 댁을 찾아간 적이 있어요. 사모님이 거실의 장식장에서 꽤 화려한 식기를 꺼내 오더군요. 늦은 시간까지 환담을 나눈 뒤 선생님은 배웅을 하겠다며 우리와 함께 엘리베이터를 탔어요. 엘리베이터가 꽉

차더군요. 한 친구가 숨이 막힌다고 했어요. 선생님이 대뜸 말을 받았어요. 정색을 하고 말이죠."

잠깐 건너편 숲을 훑어 본 주옥이 묻는다.

"무슨 말을 했게요?"

준은 묵묵부답이다.

"선생님 가라사대, 글쎄 말이다. 비좁고 냄새 나고. 어휴, 무리해서라도 새 아파트로 이사 가야지 불편해서 못 살겠어. 그 말을 듣는 순간 난 말이죠, 왠지 억울하다는 생각이 와락 든 거예요. 아시겠어요?"

준이 가만히 건너다본다. 주옥은 눈길을 피하지 않는다. 준이 쓴 웃음을 지으며 턱을 쓰다듬는다.

"무슨 말을 하려고 하는지 알겠어. 진정성에 문제가 있다는 거 아냐? 그 담임선생님이나 나나 같은 부류라는 거지. 깨끗이 인정할게. 그래, 인정해. 그나저나 내가 알고 있던 임주옥이가 맞네. 옛날 그대로야."

준은 주옥이 했던 말을 흉내 낸다. 그러고는 내가 지금 뭘 하는 거지? 뭐 그런 낯빛으로 먼산을 본다. 주옥도 고개를 들고 산을 본다. 황갈색의 뭉긋한 능선 위로 구름이 길게 걸려 있다.

여자가 가입비 환불을 요구했다. 파티장에서 남자의 얼굴에 물을 끼얹고 나간 여자였다. 예상했던 터라 크게 놀라지는 않았다. 이름을 확인한 순간 생글생글 웃던 얼굴과 갈퀴눈으로 흘겨보던 얼굴이 번갈아 떠올랐다. 소비자단체 소속의 직원이 아니랄까봐 여자는 반윤리적 상술의 문제점과 그에 따른 피해사례를 조목조목 적어 회원 게시판에 올렸다. 논지는 간단했다. 매칭 상대의 인적사항을 허위로 작성한 탓에 피해를 입었으니 보상함이 마땅하다는 것이었다. 회사에서는 남은 미팅 건수에 대한 환불은 가능하나 전액 환불은 불가하다고 통보했지만 여자는 막무가내였다. 정신적 피해보상 운운하는 여자에게 주옥은 소개 횟수를 늘려주겠다고 제안했다. 여자는 콧방귀를 뀌었다.

"제대로 '폭탄'을 맞았군."

실장이 얼굴을 찌푸리며 말했다.

"그러게요."

주옥은 애써 담담한 표정을 지었다. 여자는 사기꾼이라는 말까지 내뱉었다. 울컥했지만 뭘 모르니 저러지, 하며 꾹 눌러 참았다. 기실 계량화할 수 있는 연봉이나 직급, 키, 몸무게 같은 것들과 달리 성격이나 취미는 등급 결정에 영향을 미치지 않았다. 객관화할 수 없는 것들이므로 필터링 역할에 국한되었다. 가령 어떤 남자는 처음부터 끝까지 얌전하고 가정적인 여자를 원했다. 그럴 경우 프로필에 도전, 여행, 모험 따위의 단어가 기입된 여자 회원은 당연히 열외가 되었다. 이번 경우, 남자의 카사노바 기질을 파악하지 못한 게 문제였다. 여자의 공세에 지친 주옥은 여자의 전화번호를 스팸으로 등록했다. 그리고 관리부에 수당을 받지 않아도 좋으니 조속히 해결해 줄 것을 요청했다. 주옥은 회원을 받을 때마다 가입비의 일정액을 수당으로 받는 이른바 '아웃바운드 방식'의 매니저였다. 여자는 소비자 보상 규정을 들먹이며 내용증명을 보냈다가 별 반응이 없자 소비자 보호원에 민원을 넣기까지 했다.

"베테랑은 무슨. 대체 어떻게 관리했기에 이 지경까지 온 거야."

실장은 급기야 한심하다는 듯 혀를 찼다. 중인환시衆人環視의 회의 석상이었다. 주옥의 얼굴이 벌겋게 달아올랐다. 강박감과 피로감이 동시에 몰려왔다. 증세가 도지는 느낌이었다. 프로작 한 알을 물도 없이 삼켰다. 동료가 참으라는 듯 두 손가락으로 엑스를 만들어 보였다. 회의가 끝난 뒤 주옥은 자신이 관리하고 있는 팀원들을 소집했다. 업무 분장에 관한 얘기를 꺼내려는 순간 전화벨이 울렸다. 그 여자였다. 잠시 망설이다가 수화기를 들었다.

"당신이 소개한 인간이니 당신이 책임져야 할 거 아냐. 내 돈 돌려주지 않으면 당신, 이 바닥에서 완전히 매장시킬 거야."

여자가 새된 목소리로 내질렀다. 뇌관 심지에 불을 댕기는 말이었다.

"이봐요 김정희 씨, 보자보자 하니까 정말. 뭐, 매장시키겠다고? 그래 어디 한번 해 봐. 은혜를 원수로 갚는다더니, 당신! 외모, 학벌, 직업, 재산, 어느 것 하나 내세울 게 없다는 거 알아? 플러스 C등급도 될둥말둥한 주제에 …… 상위 클래스와 매칭시켜 준 걸 고맙게 생각해야지, 어떻게 그따위 말을 할 수 있어? 남자한테 차였으면 자신한테서 원인을 찾아야지 애먼 사람을 들볶으면 되겠니? 나이로 봐도 막보고 무시할 사람이야 내가?"

한바탕 쏘아붙이고 나서 부서져라 수화기를 내려놓았다. 주옥은 팀원들의 표정을 보고서야 이런, 하고 입술을 깨물었다. 변명의 여지가 없는 추태였다. 회원이 어떤 말을 해도 감정적 대응을 삼가는 것. 결혼정보회사의 으뜸 수칙이라고 미팅 때마다 강조한 사람이 바로 자신이었다. 명색이 팀장이라는 사람이. 팀원들의 눈빛은 그렇게 말하고 있었다. 엎질러진 물이었다. 어떻게 알았는지 단걸음에 달려온 실장은 한참을 씨근거리더니 시말서 제출을 명했다. 회사에서 사례비의 일부를 환불해주는 것으로 사태는 봉합되었지만 실추된 위신을 회복할 순 없었다. 동료가 건네는 위로의 말도 귀에 들어오지 않았다. 다음날, 주차장으로 내려간 주옥은 자신의 자동차 앞에서 망연자실했다. 앞뒤 타이어 네 개 모두 펑크가 나 있었다. 일이 그렇게 되려고 그랬는지 자동차를 주차한 곳은 CC-TV의 각도가 미치지 않는 곳이었다. 앞 유리창에 붉은 립스틱으로 휘갈긴 글씨가 있었다. '따라지 회사의 뚜쟁이 주제에, F등급이야 넌.' 고개를 꺾고 간신히 해독한 글이었다.

"근무 시간에 어떻게 여길……."

원형톱으로 목재를 가공하고 있던 준이 주옥을 보고 놀란 표정을 짓는다. 톱밥을 덮어쓴 준의 모습에 주옥도 놀란다. 함께 일하던 인부들이 힐긋하고는 다시 작업에 몰두한다. 사표를 냈다고 할 수는 없다.

"어떻게 되어가나 궁금해서 그냥. 공구쌈지 찬 모습이 잘 어울리네. 진짜 목수 같아. 뭐 내가 도울 일은 없어요?"

여기저기서 발생하는 소음이 대화를 방해한다. 엔진톱의 경우 100데시벨이 넘기 때문에 자칫 소음성 난청이 될 수 있다며 준은 방음용 귀마개를 건넨다. 주옥은 귀마개를 하고 작업 과정을 지켜본다. 준은 중계를 하듯 작업 과정을 설명해준다. 스위치를 껐다가 설명이 끝나면 다시 켜는 식이다. 설명에 의하면 지금은 골조 조립에 앞서 맞춤과 이음에 쓸 각종 구조물을 가공하는 단계이다. 그러고 보니 비슷한 것 같지만 다 다르다. 먹줄을 치는 사람, 끌과 망치로 홈을 파는 사람, 드릴로 목재에 구멍을 뚫는 사람, 각자의 소임에 맞는 나무 하나씩을 껴안고 있는데 일정한 길이로 절단된 나무들은 하나같이 매끈하게 다듬어져 있다.

"더글라스 퍼douglas fir라고, 북미산인데 가장 많이 쓰이는 목재야. 어때, 잘 생겼지?"

준은 나무를 탁탁 쳐 보인다. 나무를 다루는 일은 생각보다 어렵다. 어려운 만큼 뜻대로 가공된 나무를 볼 때의 기분은 각별하다. 고유어와 외국어가 뒤섞인 용어가 난무하는데 부재部材의 특정 부위를 인체에 비유하기도 한다. 아래쪽에 위치하는 부재를 받을장, 위쪽에 놓는 부재를 엎을장이라고 한다. 지금 하려는 것은 '통 넣고 주먹장 맞춤'이라는 건데 부재와 부재를 결합시키는 데 필요한 작업이다. 준은 여기저기를 손가락으로 가리키며 말을 잇는다.

"근데 주먹장이라뇨?"

주옥의 물음에 준은 주먹을 쥐어 보인다. 가공이 된 부위가 주먹처럼 생겼다고 붙여진 이름이란다. 나무를 끼우거나 이을 때 끼우는 쪽을 장부촉, 그것을 받는 쪽을 장붓구멍이라고 하는데 각각 수놈 장부, 암놈 장부로 불린다. 부연 설명이다. 당신도 한때 장부촉이었잖아, 대책 없는. 주옥은 입속말로 중얼거린다. 준은 장부맞춤의 과정을 보여줄 테니 잘 보라며 나무를 가리킨다. 암놈 장부부터. 고개를 돌리지 않고 말한다. 먼저, 가공할 부위에 정확한 치수의 사각을 표시한다. 원형 톱으로 샌딩한 나무를 돌려 이번엔 엔진 톱으로 주먹장을 따낸다. 마지막으로 끌로 깨끗이 정리한다. 간단해 보이지만 세심한 주의가 필요한 작업이다. 다음은 수놈 장부다. 치수에 맞게 부재를 절단하고 절단선을 그린다. 보푸라기가 이는 것을 방지하기 위해 잘게 저미듯 칼집을 낸 다음 엔진톱으로 해당 부위를 가공한다. 이때 주의할 점은 수놈을 암놈보다 2㎜ 작게 만들어야 한다는 것이다. "수놈이 불만일 텐데?" 주옥의 말에 준은 고개를 들고 너도 그런 농담을 할 줄 아니, 하는 표정을 짓는다. 주옥은 피식 웃는다. 마무리는 앞서 했던 것처럼 끌이나 샌딩기를 이용한다. 손놀림이 제법 유연하다. 주옥은 암놈 장부와 수놈 장부의 완벽한 결합을 그려

본다. 에로틱한 느낌은 들지 않는다.

"어때, 따분하지 않았어?"

준이 귀마개를 벗으며 묻는다. 주옥은 고개를 젓는다.

"근데 선배, 이런 걸 언제 배웠어요?"

"귀국하고 일 년이 지났을까? 웹서핑을 하다가 '통나무집 동호회'
라는 이름을 발견했지. 이론과 실습을 체계적으로 가르치는 곳이더
군. 원래는 통나무집을 살 계획이었는데 급수정하고 등록했지."

준의 표정에서 뭔가 석연치 않은 점을 느꼈지만 주옥은 내색을 하
지 않는다. 좀 쉬었다가 할까. 준이 정자로 향한다.

주옥은 적어도 사흘에 한 번은 공사장을 찾았다. 거기엔 딱히 갈
데 없는 실업자가 되었다는 이유만으로는 설명할 수 없는 뭔가가 개
입되어 있었다. 이상한 건 준의 태도였다. 기꺼워하던 표정이 시간
이 갈수록 시들해진다고 할까. 아니, 착잡해진다고 하는 편이 맞을
지도 몰랐다.

별 탈 없이 진행되던 공사가 후반으로 접어들자 의외로 지지부진
했다. 다들 열심인데 왜 이럴까, 주옥은 유심히 살펴보았다. 조립 작
업엔 크레인까지 동원되었다. 상량에 이어 용마루에 서까래를 걸고
합판, 적삼목 기와까지 얹고 나니 번듯한 통나무집이 한 채 완성되
는가 싶었다. 그러나 하부 작업에 들어간 뒤부터 덜컥거리기 시작했
다. 의아해하는 주옥에게 한 목공이 최근 들어 준은 작업의 순서뿐

만 아니라 정해진 구조물까지 임의로 바꾸려 든다고 했다. 설계도면을 무시한 그러한 처사를 수긋이 따를 목공은 없다. 이층마루 작업만 끝났을 뿐 벽체와 천장은 물론 창문, 계단 등 여타 작업은 덩그렇게 골격만 서 있었다. 설비와 전기공사를 맡은 기술자들은 마감 작업이 혼선을 빚자 툴툴거리며 뒷전으로 나앉았다. 주옥이 찾아갔을 때 준은 혼자서 창문틀을 만지고 있었다. 산 쪽으로 들창을 하나 달까 생각 중이란다.

"준 선배, 일꾼들 없이 혼자 할 수 있어요?"

대답 없이 창틀을 들던 준이 비틀거리며 주저앉았다. 팔을 부축해 일으키는데 술 냄새가 혹 끼친다.

"선배, 무슨 일이에요?"

한동안 침묵하던 준이 돌연 네일건을 에어컴프레서에 연결한다. 둘러봐도 못을 칠 일은 없다. "뭐해요 선배?" 주옥은 그의 팔목을 잡는다. "봐 봐." 준은 네일건을 들더니 천장을 향해 쏜다. 못은 도리 부위를 맞고 튕겨 나간다.

"빌어먹을, 일당을 더 준대도 일을 못한다잖아. 다들 배가 불러서 그래."

주옥은 준을 간신히 주저앉힌다. 벽에 기댄 채 준은 주저리주저리 변명을 늘어놓는다. 아내를 생각해서 남향으로 주방을 냈는데 딸아이를 생각하니 마음이 바뀌더라는 식이다. 꼭 살아 있는 사람들 이야기를 하는 것 같다. 하나 남은 일꾼마저 엊그제 공구함을 챙겨 나갔다고 했다. 준은 공구쌈지를 풀어 바닥에 던진다.

주옥은 술병을 입으로 가져가는 준을 물끄러미 바라본다.

"난 처음에 선배가 전원카페나 토속음식점, 뭐 그런 용도로 짓는 줄 알았어."

주옥의 말에 준은 씁쓰레 웃는다.

"사실은 아내가 원해서야. 뒤로 산이 있고 앞으로 들판이 있는 곳에 통나무집을 짓고 싶다고 했어. 장례를 치르고 난 뒤 일기장을 봤지."

주옥은 말없이 고개를 끄덕인다.

"부인을 무척 사랑했었나 봐요."

주옥의 말에 준이 비죽이 웃는다.

"글쎄, 뭐라고 해야 하나. 누군가 숙제를 하다가 다쳤어. 그것도 나 때문에. 아무튼 그 숙제를 대신 해 주는 기분?"

준은 잠시 뜸을 들인다.

"일에 매달리느라 말이지…… 그래, 돈벌이에 목을 매느라 가정엔 무심한 남편이자 아빠였어. 아무래도 돈에 포한이 졌었나봐 내가."

돈에 악센트를 가하던 준이 문득 말을 끊고 주옥의 눈을 들여다본다. 주옥은 슬그머니 고개를 돌린다. 술을 들이켜고 난 준이 더듬더듬 말을 잇는다.

"그럭저럭…… 그렇게 됐어. 그랬던 거야. 그 사람이 그렇게 갈

때까지 단 한 번도 생일을 챙겨주지 않았을 정도로…… 그래서 돈은 좀 모았지. 그 돈으로 이런 집을…… 이제 와서 말이지."

준은 창 너머 어딘가를 무연히 바라본다. 얼굴이 석고상처럼 굳어 있다. 이럴 거면 왜 구경 오라고 한 거야. 주옥은 하마터면 그 말을 뱉을 뻔했다.

아이를 입양 보내고 한참 지나서야 준이 결혼한 것을 알았다. 그리고 몇 년 뒤, 준이 아내와 딸을 교통사고로 잃었다는 소식을 들었다. 공교롭게도 주옥이 아이를 보러 아이슬란드에 갈 무렵이었다. 기분이 착잡했다. 준과 함께 보낸 밤이 떠올랐다. 그날이 언제였던가. 영화의 한 장면처럼 아득하게 느껴졌다. 준은 주옥에게 위성과 같은 존재였다. 일정한 거리 이상은 멀어지지도 가까워지지도 않는. 무슨 이유에서인지 밤을 같이 보내고 나서도 준의 궤도는 그대로였다. 준에겐 안 된 일이었지만 주옥이 선회하는 행성은 따로 있었다. 그런 의미에서 주옥 역시 위성이었다. 언젠가부터 주옥은 자신이 선회하는 행성의 중력이 미약해지고 있음을 느꼈다. 그러다가 튕겨 나가지. 경고음이 들려왔지만 그렇다고 궤도를 수정할 생각은 없었다. 호남 형에 키가 훤칠한 그 남자는 명문대 출신의 벤처사업가였다. 무엇보다 그는 해외여행을 가는 데 거리낌이 없을 정도의 부자였다. 주옥에겐 그 점이 중요했다. 궁티가 흐르는 준은 처음부터 고려의 대상이 아니었다. 딱 한 가지 걸리는 건 그 남자가 유부남이라는 사실이었다. 그러나 남자는 별거중이라고 했다. 별거는 이혼의 예비 단계였고 그렇다면 승산은 충분했다. 그러다가 우연히 여자와 함께 있는 남자를 보았다. 남자는 여자의 허리에 팔을 두르고 있었다. 그의 아내가 아니었다. 주옥은 자신이 그 남자의 많고 많은 위성 중 하나에 불과하다는 사실을 그제야 깨달았다.

"그때 네가 그랬었지? 가난뱅이랑 사느니 차라리 독신으로 살겠다고. 그날 넌 코가 비뚤어지도록 술을 마셨긴 해. 남자를 떠난 기념일이라는, 참 이상한 명분을 내걸고 말이지. 기억나니? 어쨌거나 그 말은 진심이었을 거야."

아직 문을 달지 않은 개구부로 시선을 던진 채 준은 가라앉은 목소리로 말했다. 주옥이 그의 손에서 술병을 채뜨리듯 가져와 들이켠다. 기억하고 싶지 않은 밤이다. 남자에게 웬 여자냐고 따졌었다. 남자는 냉소를 지었다. 주옥이 날 선 목소리로 계속 추궁하자 남자의 태도가 돌변했다. 남자는 무서운 눈초리로 쏘아보았다.

"집세다 용돈이다 내가 그냥 줬겠니? 또 옷값은 어쩌고."

주옥의 입술이 파르르 떨렸다. 남자는 처음부터 끝까지 냉정을 잃지 않았다.

"난 계약을 했다고 생각했는데 넌 그게 아니었던 모양이구나."

"그날 밤 내가 그런 말을 했단 말이에요?"

준의 입술이 달싹이다가 멈춘다. 남자에게 악다구니를 퍼붓고 돌아오다가 눈에 띄는 주점으로 들어가 술을 시켰었다. 억병으로 마신 상태에서 전화를 하고, 또 준에게 업힌 것까진 기억나는데 그 뒤는 깜깜했다. 눈을 뜨니 준의 방이었다. 벗은 옷가지가 아무렇게나 널려 있었다. 그러니까 그날 밤…… 주옥은 말을 꺼내다 말고 입을 다문다. 간신히 아이의 이름을 삼킨다.

"알고 보니 불쌍한 사람은 선배 부인이야. 남편의 속내를 모르고 살았으니. 그러니 선배도 이제 그만해요. 솔직히 죽은 부인과 아이를 생각한다면 이러는 거."

준이 손을 들어 주옥의 말을 막는다.

"지금 짓고 있는 건물의 이름을 '혜민의 집'이라고 지었어. 아내와 아이의 이름에서 한 자씩 땄지. 언젠가 내게 그랬었지? 제자리에서 빙빙 원만 그리고 있다고. 그건 내가 스스로는 옴나위도 못하는 스크류나사 같다는 말이었어. 그렇잖니? 그 말은 지금도 유효해. 그래서 생각했지. 마침표를 찍고 새로운 생을 써 나가자고. 집을 짓는 걸로 아퀴를 짓자고. 그날 모임에 나갔던 것도, 네게 연락한 것도 어쩌면 그런 결심으로 생긴 자신감 때문이었을 거야. 그런데 아내와 딸아이가 놔주질 않네. 별 생각 없이 휘둘렀던 말들, 무심코 지나쳤던 일들이 자꾸만 제동을 걸어. 그러니 내가……."

신발에 뭐가 들어갔는지 준은 신발을 거꾸로 들고 툭툭 턴다. 그러곤 다시 말을 잇는다. 주옥은 듣기만 한다.

"꿈에 아내와 딸아이가 나타나. 이상한 일이지, 나타날 때마다 둘이 다른 곳에서 나를 불러. 무슨 이유에서인지 아내와 딸아이가 서 있는 배경이 자꾸만 변해. 방 구조도, 위치도, 창문 너머 풍경도 시간이 지나면 바뀌는 거야. 사고 당일, 차에서 내리는 모습부터 시작할 때도 있어. 완전히 찌그러진 차량이 꿈속에선 반짝반짝 윤이 날 정도야. 어떨 땐 딸아이가 아빠 여기, 하며 옆 좌석을 탁탁 치며 나를 불러. 내가 가면 자동차는 벌써 저만치 가 있어. 이상하지 않아? 살아 있을 때보다 꿈속에서 더 많은 대화를 나누는 가족이야. 어떨 땐 이런 생각이 들어. 만약에 그날, 같이 자동차를 탔다면 꿈속에서 아니, 꿈결 같은 딴 세상에서 저렇게 밝게 웃으며 함께 살 수 있으려나. 이러는 내가 웃기지? 그럴 거야. 거울을 보면서 나 자신이 우스워 히죽 웃기도 한다니까. 그러는 내가 맘에 안 드는지 가끔 아내는 방을 둘러보며 불만을 표시해. 뭔가 부족하다는 표정으로, 마치 뭔가를 주문하듯 손가락으로 여기저기를 가리키는데……."

말꼬리가 흐려진다. 주옥은 고개를 들고 길게 숨을 내쉰다. "그만할까?" 주옥의 표정을 살피던 준이 묻는다. 주옥이 고개를 끄덕인다. "그래요. 이제 그만." 주옥은 유리가 없는 창을 통해 하늘을 본다. 저 하늘을 날아가면 아이가 있는 곳에 닿겠지, 그런 객쩍은 생각이 스쳐간다.

다시 하늘이다. 준의 어깨를 지나 주옥의 시선은 하늘로 향한다.

"공사를 중단했으니 그럼 이 집은 조鳥선생과 풍風선생께 양도해야겠네." 주옥의 말에 준은 "그렇지?" 하며 열없이 웃는다. 그들이 있는 곳은 다락방이다. 아니, 정확히 말해 다락방으로 쓰기 위해 설계를 하고 골격을 세운 곳이다. 박공지붕이라 그런지 시선조차 미끄러지는 기분이다. 밖으로 돌출된 창 앞에 서면 들판이 한눈에 보인다. 천장에까지 창이 있는 줄 몰랐다. 사각의 개구부엔 비닐이 처져 있다. 준이 간이 의자를 가져와 앉기를 권한다.

"딸애가 별을 무척 좋아했어."

준이 천장을 올려다보며 말한다. 준의 목소리가 어쩐지 바람에 실려 오는 것 같다고 주옥은 느낀다.

"있지 선배, 아이슬란드에 가봤어요?"

주옥의 시선이 들판으로 향한다.

"아이슬란드?"

준이 의아한 눈빛으로 묻는다.

"네, 이건 어떤 여자의 아이슬란드 기행에 관한 이야기예요. 짧지만 여운이 있는 이야기."

여운이 있는 이야기? 준이 미간을 모은다. 주옥은 잠시 호흡을 고른다.

"그린란드와 스칸디나비아 반도 사이에 위치한 섬나라. 대부분의 도시가 해안에 있고 사막과 화산, 그리고 만년설과 빙하가 동거하는 곳. 그러니까 여자가 간 곳은 불과 얼음이 공존하는 나라예요."

휴대폰에서 수신음이 울린다. 주옥은 이름만 확인하고 끈다. 준이 초콜릿 반쪽을 건넨다. 웬 초콜릿? 주옥은 초콜릿과 준의 얼굴을 번 갈아 본다.

"술 좀 줄이려고 갖고 다녀."

준이 덤덤한 표정으로 말한다.

"간을 살리자고 치아를 희생 시키는 거네."

"간은 갈아 끼우기가 쉽지 않잖아."

후후, 웃고 난 주옥이 말을 잇는다.

"그 여자는 런던에서 비행기를 갈아타고 아이슬란드로 가요. 어떤 여자아이를 만나기 위해서예요. 공항으로 가면서 화산이 폭발하면 어쩌나, 걱정도 했어요. 선배도 보도를 봤으면 알 거예요. 그곳 화산 의 폭발로 유럽 일대의 항공기 운항이 취소되는 사태가 빚어졌잖아 왜. 그게 뭐였더라? 그래, 에이야프얄라요쿨, 189년 만에 폭발한 화 산의 이름이에요. 주술사의 주문 같지 않아요? 이거 외우느라 정말 힘들었어."

발음이 되게 힘드네. 에, 이, 야, 프, 얄라리 얄라? 준이 장난스런 표정을 지으며 커피가 담긴 보온병을 들어 보인다. 뭔가 빠져나간 사람처럼 굴더니, 이제 바로 돌아왔네. 약효가 나타나는 건가? 주옥 은 웃으며 한 잔 주세요, 한다. 주옥의 권유로 병원을 찾은 준은 강 박신경증이 가미된 '망상장애' 라는 진단을 받았다. 의사는 입원할 정도는 아니지만 치료시기를 놓치면 심각한 상황이 올 수도 있다고 엄포를 놓았다. 준은 그날 한 달 치의 약을 받아 왔다. 주옥은 커피를 마시고 하던 얘기를 계속한다.

"그 여자는 관광을 간 게 아니었기 때문에 곧바로 여자아이를 만나러 가요. 여자아이의 부모에게서 초청장을 받았죠. 딱 한 번, 여자는 아이의 사진이라도 봤으면 좋겠다고 편지를 쓴 적이 있어요. 하지만 전혀 기대하지 않았던 일이예요. 여자아이가 궁금해요? 봐, 그런 눈치네. 여자아이는 그 여자의 딸이에요. 입양 보낸. 아이의 이름은 욘시예요. 그곳 사람이 되었으니 당연한 일인데도 여자는 아이의 이름을 부를 때마다 서운한 느낌이 들었어요. 여자는 초청해준 분들의 배려로 여기저기를 구경했어요. 어디 그뿐인가, 캠프파이어도 한걸요. 억만 년의 신비를 간직한 극지방의 평원에서 말이죠. 아이의 양부모는 마음이 따뜻한 분들이었어요. 하긴 그러니까 그런 아이를 입양했겠죠. 아, 말 안 했던가요? 그 아이는 지적장애가 있어요. 다 엄마 탓이에요. 아이를 갖고도 술을 마셔댔으니까. 한 남자를 떠나던 날 밤, 기적처럼 생긴 아이였어요. 미련하게도 여자는 서너 달이 되도록 임신 사실을 몰랐죠. 낳고 나서 일 년이 채 안 되어 입양기관에 맡겼는데 나중에 알아보니 아이슬란드, 이름도 생소한 그 먼 나라까지 간 거예요. 영국인 부부였는데 아이를 입양한 후 이민을 갔다고 했어요."

한 남자를 떠나던 날 밤. 준이 그 말을 되뇐다. 그때 거짓말처럼 새 소리가 들려온다. "들었어요?" 주옥이 준의 팔을 잡는다. "조鳥 선생이 돌아왔군. 화가 풀린 모양인데?" 준이 짐짓 심상한 어조로 말한다.

"화산재가 덮여 자갈밭은 온통 까맸어요. 조금 더 걸어가면 구릉이 나오죠. 야생화가 곳곳에 숨어 있는 거기를 벗어나면 얼어붙은 폭포가 나와요. 평지에서도 볼 수 있는 폭포라니, 신기하지 않아요? 저 멀리 만년설을 쓰고 있는 산봉우리를 보다가 3분마다 뜨거운 물기둥을 뿜어 올리는 간헐천을 보면 혼란에 빠질 수도 있어요. 그곳에서 5분도 안 되는 거리에 빙하가 떠 있어요. 아이의 눈빛은 그 빙하처럼 투명해요. 여자는 아이가 방금 빙하의 계곡에서 빠져나온 요정 같다고 생각했어요. 아이는 그때까지도 여자에게 입을 열지 않았어요. 한국말을 몰라서만은 아니에요. 그보다 아이는 여자에 대해 미묘한 감정을 품고 있는 듯 보였어요. 뭐랄까, 그것은 차가우면서도 따스한, 어두우면서도 밝은, 그러니까 모순된 것끼리 혼곤하게 섞인 감정이에요. 그곳의 날씨와 닮아 있어요. 그건 여자도 마찬가지였어요."

주옥은 꿈꾸는 듯 아스라한 눈빛으로 허공을 바라본다. 준은 주옥의 얘기에 깊이 빠져든 듯 미동도 하지 않는다.

"떠나오기 전날 밤, 수도 레이캬비크에서 북쪽으로 10km쯤 떨어진 곳에서 오로라를 봤어요. 책에서만 봤던 오로라를 말이에요. 옅은 초록을 띤 그것은 부드럽게 물결치는 커튼 같았죠. 너무나 아름다운 모습에 여자는 저도 모르게 아이를 안았어요. 아이는 처음엔 좀 놀란 표정을 지었지만 몸을 빼진 않았어요. 여자는 아이의 눈에 어린 빛의 무늬를 보고 있었어요. 천천히, 아주 천천히 여자의 생각 하나가 그 빛에 스미고 있었죠."

준은 생각하는 눈빛으로 창밖을 본다. 주옥은 가만히 눈을 감는다.

"카운터에서 보딩패스를 받고 탑승구 쪽으로 막 걸음을 떼려던 참이었어요. 아이가 여자의 손을 잡았어요. 여자는 돌아봤겠죠. 아이가 뭐라고 웅얼거렸어요. 무슨 말이니? 여자는 무릎을 굽히고 아이에게 물었어요. 아이가 여자의 눈을 똑바로 보며 말했어요. 그 또랑또랑한 눈으로, 세상에, 그 애가 무슨 말을 한 줄 아세요?"

주옥은 눈을 뜨고 준을 바라본다. 준은 묵묵히 다음 말을 기다린다. 주옥의 목소리는 비파의 현처럼 가늘게 떨려 나온다.

"언 마 샤 랑 함 이 다. 나직이, 그렇게, 음절 하나하나를 아이는 모래성을 쌓듯이 완성했어요. 어색한 발음이었어요. 물론 여자는 알 수 있었죠. 양부모가 시킨 일이라는 걸. 하지만 뭐가 문제겠어요. 여자는 그 자리에서 아이를 안고 울음을 터뜨리고 말았어요. 가슴 깊은 곳에 눌러두었던 것이 꾸역꾸역 나오는 거예요, 마치 용암이 분출하는 것 같았죠."

두 사람은 말이 없다. 준이 고개를 숙인 채 입을 연다.

"왜 늘 중간 지점에서 우물쭈물하느냐고, 온몸을 던지지 못하느냐고 물었었지?"

"……."

"아이의 부모는 늘 싸웠어. 아닌 게 아니라 하루의 팔 할은 싸움이었어. 아이는 어느 한쪽 편을 들어서는 안 되었지. 그랬다간 정말 두 분이 이혼이라도 하면 큰일이었거든. 한마디로 눈치꾸러기가 된 거야. 그래봤자 결국 갈라설 운명이었지만. 그때부터였을걸, 어느 한쪽으로 치우치는 걸 본능적으로 피하게 된 게."

준은 이번에도 주옥의 방식을 흉내 낸다. 준의 안색이 의외로 밝다. 주옥은 뭔가를 읽어내려는 듯 준의 얼굴을 찬찬히 살핀다. 준은 슬그머니 주옥의 시선을 피한다. 그리고 하던 얘기를 마저 한다.

"그리고 그것은 뭔가를 가지고 싶을 때, 결정적인 순간에 뒷걸음치는 우유부단함으로 얼굴을 바꾸기도 했던 거야. 그러면서 그 얼굴이 서서히 굳어졌을 거야. 그러니 끝내 너를 잡지 못했을 테지. 지금 이러는 것도 알고 보면 같은 맥락이야. 이런 걸 자기고백이라고 해야 하나 자가진단이라고 해야 하나……."

준은 완공된 건물을 둘러본다. 미혼모를 위한 집이다. 미뤄둔 숙제를 해결한 기분이다. 이게 다 주옥의 제안을 받아들인 것이다. 주옥의 얼굴을 떠올리자 입가에 미소가 번진다. 과거와 같은 구도가 재현될까봐 몸을 사리기도 했지만 지금은 오래 묵은 가구를 대하듯 편안하다. 준공식 날 찾아온 주옥에게 아직도 가난뱅이가 싫은지 물어보았다.

"또다시 그 얘기군요. 정정할게요. 가난뱅이가 아니라 가난이 싫은 걸로. 그때도 그랬고 지금도 마찬가지예요. 저, 그때 선배가 싫었던 게 아니에요. 다만 선배와 함께 가난이란 끈에 묶여 2인1각 경주를 하고 싶지 않았던 거예요. 그렇게 해서 도달할 목적지가 어떤 곳인지 저는 알고 있었거든요. 아버지를 통해 배운 거예요. 아버진 수술비가 없다는 이유로 엉뚱한 길로 내몰렸었죠."

방 아홉 칸으로 구성된 2층 목조 가옥이다. 상담실, 식당, 교육실, 휴게실 등 기본적인 시설은 물론 규모는 작지만 헬스장과 도서실까지 갖췄다. 중간에 개조하느라 남은 재산을 다 털어 넣었다. 준은 고개를 들어 간판을 본다.

《욘혜민의 집》

기존의 이름에다 또 한 자를 추가했다. 이 집은 상처 입은 영혼을 위무하는 집이 될 거야. 준은 스스로에게 다짐하듯 그 말을 되뇐다. 주옥이 새로 단 간판을 보면 어떤 표정을 지을지 궁금해진다.

준은 천천히 마당을 가로질러 건물 입구로 간다. 계단을 올라가 다시 건물의 외관을 살피다가 문을 열고 안으로 들어간다. 통나무로 지은 데다 실내 인테리어 또한 친환경소재를 쓴 덕분에 새집증후군은 걱정하지 않아도 될 성싶다. 준은 이층으로 올라가 복도를 걷는다. 깊은 숲에 들어온 듯 적요하다. 하지만 머잖아 미혼모들이 입소하면 활기를 띨 것이다. 어디에선가 젊은 엄마들의 재재거리는 목소리와 아기들의 울음소리가 들려오는 듯하다. 준은 잠시 걸음을 멈추고 가까운 방으로 들어가 창문을 연다.

그새 어둠이 내렸다. 드문드문 별이 박힌 하늘을 보던 준은 북쪽으로 고개를 돌린다. 주옥이 아이슬란드 얘기를 하며 눈길을 보냈던 곳이다. 별 하나가 그의 눈길을 끈다. 촉수 낮은 알전구처럼 별은 희미하게 빛을 발한다. 욘시. 주옥이 말했던 그 이름을 발음해 본다. 툰드라지대를 지나온 바람이 당도한 듯 왠지 서늘한 느낌이다. 준은 시치미를 뗀 게 마음에 걸린다. 그땐 그래야 할 것 같았다. 주옥은 이해해줄지도 모른다. 아니, 그럴 것이다. 욘시, 너도 이해해주겠지? 준의 눈에 별빛이 고인다.

니케의 날개

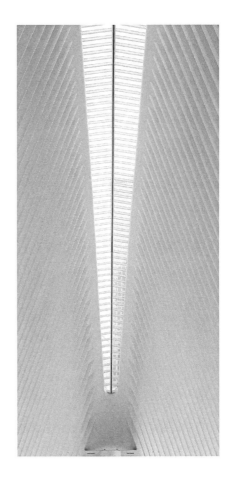

니케의 날개

1

류는 언제나처럼 휴대폰 창에 시선을 고정하고 있었다. 틈만 나면 소셜미디어 플랫폼을 열어 타임라인을 확인했다. 트윗을 살피고 팔로잉을 하는 모습이 구도자처럼 진지했다. 국도로 접어든 뒤 이어지는 자동차의 진동에 피로가 가중되는 느낌이었다. 기후는 핸들을 잡지 않은 손으로 목덜미를 주물렀다. 터널을 지나자 들판이 이어졌다. 담홍빛 구절초가 지천이었다.

"이번 홍보물의 레터링은 심플해. 난 이런 게 좋아. 스우시 swoosh 같지 않니?"

류가 휴대폰 창에서 시선을 떼지 않고 입을 열었다. 기후는 슬쩍 류의 손에 들려 있는 폰을 넘겨보았다. 리트윗에 또 리트윗. 그리고 줄줄이 달리는 멘션을 살피던 기후는 스우시, 하고 발음해 보았다.

바람이 스쳐지나가는 소리랬지 아마. 나이키의 심벌마크다. 승리의 여신 니케의 날개에서 힌트를 얻었다던가. 그런데 기후의 눈에는 그게 어쩐지 자꾸만 부메랑으로 보였다. 류가 기후의 눈앞에 폰 화면을 갖다 댔다.

　－ 웬만한 바람으로는 여신의 날개를 꺾지 못할 듯. 니케류! 다시 날아오르다.

　팬카페의 게시판에 올라온 글의 제목이었다. 멋지네요. 기후는 한마디하곤 하품을 깨물었다. 류의 표정이 샐쭉해졌다.
　"누나, 근데 이상하지 않아요?"
　기후가 전방의 표지판을 살피며 입을 열었다.
　"왜 그래 또!"
　류는 네일스티커를 꺼내다 말고 고개를 들었다.
　"그걸 본 사람도 없고, 무인카메라가 설치된 곳도 아니잖아요. 게다가 그 아저씨 행색으로 봐선 SNS와는 거리가 멀잖아요. 그러니까 내 말은 어떻게 그런 정보가 올라왔고 또 고마운 일이긴 한데 그 아저씬 그런 멘션이 떠돈다는 걸 어떻게 알고 반박하는 글을 올렸냐는 거죠."
　"인마! 지금 뭘 말하고 싶은 거야? 아니 지금 와서 그게 왜 궁금하냐고?"

"아니 그냥 난……."

"첫째, 아무도 못 봤다는 건 네 생각일 뿐이야. 낮말은 새가 듣고 밤말은 쥐가 듣는다고 했잖아. 둘째, 아저씨가 아들이나 딸에게 말을 했겠지. 좀 드라마틱하게 사건을 묘사했을 테고. 그리고 그 말을 들은 아들이나 딸이 그렇잖아도 심심하던 차에 잘됐네, 뭐 그러면서 득달같이 트위터나 페북을 열었을 테고. 네가 준 명함에 내 이름이 버젓이 찍혀 있는데 모를 수가 있겠니?"

'그건 말조심하라는 뜻을 가진 속담인데.'

기후는 고개를 갸웃거렸다.

"쓸데없는 일에 신경 쓰지 말고 운전이나 잘해."

말죽거리를 지나 양재 전화국 사거리 방면으로 가기 위해 우회전을 하려던 참이었다. 우체국 골목에서 갑자기 튀어나온 오토바이가 자동차 뒤쪽 그러니까 해치백 부위를 치고 갔다. 기후는 내비게이션에 찍힌 시간을 보았다. 새벽 2시를 막 넘긴 시각이었다.

"아, 싫다 정말."

기후는 습관처럼 그 말을 내뱉곤 차에서 내렸다. 나동그라진 건 오토바이가 아니라 오토바이에서 떨어져 나온 것으로 보이는 스티로폼 상자였다. 해치백을 친 것도 그것인 모양이었다. 도로 가장자리에 오토바이를 세운 남자는 난감한 표정으로 기후를 쳐다보았다. 한 손에 빛바랜 작업모가 들려 있었다.

"어떻게 된 거예요 아저씨! 큰 사고 날 뻔했잖아요. 속도도 줄이지 않고 튀어나오면 어떡해요. 고장 난 것 같지도 않구먼."

"아휴, 미안합니다. 왜 이리 늦냐고 마누라가 성화를 부려서 급하게 간다는 게 그만."

상자에서 쏟아져 나온 건 우습게도 갈고리를 닮은 닭발이었다. 셀수 없이 많은 닭발이 사방으로 흩어져 있었다. 닭들은 죽어서도 수모를 당하는군. 기후의 입에서 불쑥 튀어나온 말이었다. 후훗 하는 소리가 들려 뒤를 돌아보았다. 류가 손으로 입을 가리고 있었다.

"누나, 차에 있어요. 누가 보면 어쩌려고 그래요?"

"어쭈, 그래도 매니저라고."

그때였다. 굉음을 내며 트럭 한 대가 달려왔다. 누가 먼저랄 것도 없이 잽싸게 인도로 올라섰다. 트럭이 지나간 도로는 볼 만했다. 무참히 뭉개진 닭발들이 가로등 불빛에 번들거렸다. 크크크, 류는 또 웃었다. 그런 류를 본 남자가 고개를 갸웃거렸다. 류는 그제야 슬그머니 차 안으로 들어갔다. 곧바로 휴대폰 벨이 울렸다. 류였다.

"나 참, 누나! 뭐하는 거예요?"

"너 있지, 잘잘못 따지지 말고 봉투째 드려."

"봉투라니, 무슨 봉투요?"

"그거 있잖아, 왜."

상의 안주머니에서 봉투 하나가 집혔다. 그제야 생각났다. 재래시장 행사가 끝난 뒤 상가번영회 회장이 회식이나 한 번 하라며 찔러

준 것이었다. 잘못 들었나 싶어 다시 물었지만 류는 똑같은 말을 했다. 기후는 손으로 입을 가리고 한껏 목소리를 낮췄다.

"누나, 오십이에요. 오십."

"누가 그걸 모른대? 잔말 말고 줘. 다 생각이 있으니까."

너무 오랜 슬럼프는 착란 증세를 유발한다는 말을 어딘가에서 들은 것도 같았다. 보푸라기가 인 스웨터를 걸친 아내가 떠올랐다. 괜찮은 패딩점퍼 두 벌을 살 수 있는 돈이었다. 류가 드디어 미쳐가는구나. 기후는 입맛을 다시며 봉투를 들고 남자에게 다가갔다.

"저도 주의하지 않은 잘못은 있으니까요. 오토바이도 멀쩡하고 다치지도 않고 아무튼 천만다행이에요. 이건 정신적 충격을 받은 데 대한 보상으로 드리는 거예요. 우리 누나가 아니, 우리 사장님이 그러라네요."

남자는 기후가 내민 돈을 순순히 받았다. 액수를 확인하고는 좀 놀라는 눈치였다. 그때 예상치 못한 일이 벌어졌다. 차에서 내린 류가 흩어져 있는 닭발을 줍기 시작했다. 말릴 새도 없었다. 류는 부서져 못 쓰게 된 스티로폼을 주섬주섬 주워 자동차의 트렁크에 실었다. 기후는 류의 그런 모습이 낯설었다. 기후가 알기로 류는 바닥에 떨어진 티슈 한 장 치우지 않는 사람이었다. 류는 쇼핑백에 성한 닭발을 담아 남자에게 건넸다.

"아저씨, 죄송해요. 제 차 운전기사가 속도를 좀 냈나 봐요."

말도 안 되는 소리였다. 속도를 낸 건 오토바이였다. 자동차의

속도는 시속 50킬로나 됐으려나. 그러나 기후는 그 말을 속으로
삼켰다.

"어, 류주라 씨 아녜요? 난 사장님이라고 해서…….'

남자는 그제야 류를 알아봤는지 반색을 하며 손을 내밀었다. 류는
생긋 웃으며 남자가 내민 손을 두 손으로 잡았다.

"어머, 알아보시네요. 그치만 이젠 니케류예요 니케류."

"아, 네. 니케류. 맞아요, 그 이름으로 바꿨다는 걸 TV로 보긴 했
는데 워낙 입에 익어놔서…….'

시동을 걸고 출발하기 전 기후는 백미러를 봤다. 남자는 기후가
건넨 명함을 가로등 불빛에 비춰보고 있었다. 창문을 열었다.

"근데 아저씨!"

남자가 멀뚱히 쳐다보았다.

"그거 웬 거예요?"

남자가 입을 벙긋거렸다. 닭발이라고 하는 듯했다.

"닭발이란 건 알죠. 근데 웬 닭발이 그렇게 많아요?"

남자가 벌쭉 웃으며 머리를 긁적였다.

"내일 팔 거예요. 집에 가서 손질해뒀다 가져가려고요. 요 앞 목련
시장이에요. 규모는 작지만 이십 년 전통이에요. 한 번 놀러오세요.
잘해드릴게."

오토바이 적재함에 찍힌 닭발집 상호가 눈에 들어왔다. 아, 힘센
닭발. 기후는 고개를 끄덕였다. 류가 닭발집 전화번호를 폰에 입력

78

하고 있었다.

성수대교를 건널 때 문득 생각난 듯 기후가 물었다.

"주라 누나, 근데 그 사람 가게 전화번호는 왜 입력한 거예요?"

주라는 손톱에 스티커를 붙이다 말고 고개를 들었다.

"만일을 대비해서지. 나중에 딴소리 하면 한마디 해주려고."

무슨 말인지 이해가 되지 않았다. 류가 질문을 봉쇄했다.

"근데 너, 아직도 주라 누나니? 인마, 니케 누나잖아. 니케 누나!"

2

"개 코가 헐었어. 저러다 쑤세뭉치가 될까 걱정이야."

기후의 아내 현주는 또 그 이야기를 꺼냈다. 정확히 말하면 닥스
훈트, 오소리 사냥개로 알려진 그 개 이야기다. 쑤세뭉치. 수세미와
뭉치를 결합한 그 말은 현주가 통상 형편없는 몰골을 일컬을 때 쓰
는 말이다. 근데 오늘은 또 뭘 몰고 갔다는 말인지. 기후는 궁금했지
만 묻지 않았다.

현주는 애견카페의 직원이다. 청소는 기본이고 애견미용과 먹이
제공까지 아무튼 그녀가 하는 일은 한두 가지가 아니다. 애견호텔을
겸하는 곳인데 시설도 좋고 서비스도 좋다는 소문이 나고부터 주말
이나 피서철에 애견을 맡기려면 적어도 보름 전에는 예약해야 한다.
푸들, 몰티즈, 시츄, 요크셔테리어, 치와와, 포메라니안, 시베리안
허스키, 닥스훈트, 도베르만핀셔, 골든 레트리버 등등 기후가 외운

개 이름이 어느새 스무 개가 넘었다. 이름뿐만이 아니었다. 개들의 생김새와 기본 특성에 관해서도 환해졌다. 고작 스피츠나 푸들 몰티즈 정도만 알고 있던 그에게 현주는 끊임없이 개 이름을 숙지 시켰다. 사실 기후는 개를 그다지 좋아하지 않는 편이다. 하지만 현주에게 차마 그 말은 할 수 없었다. 어쨌거나 현주는 개 뒷바라지를 함으로써 결과적으로 그를 뒷바라지하고 있는 셈이니까.

현주가 얘기한 닥스훈트는 장기 투숙을 하고 있는데 한 달 평균 20일 정도를 묵는다고 했다. 할인 혜택이 있다 해도 비용이 만만찮을 텐데. 기후의 말을 현주는 견주의 재력을 볼 때 그 정도는 '껌값'에 해당된다는 말로 눙쳤다. 그 껌값이 자신의 하루 일당을 상회한다는 말에 기후는 아예 입을 닫았다.

"저길 봐, 포세가 뭘 몰고 가는지."

현주가 폰을 기후의 눈앞에 바짝 들이댔다. 닥스훈트의 이름이 포세였다. 기후는 개의 주둥이 부분을 유심히 살폈다. CC-TV에 찍힌 것을 폰으로 다시 찍은 것이라 화질이 좋지 않았다.

"핸드백이야 저거. 그것도 꽤 알려진 명품 핸드백."

정말이었다. 개는 붉은 빛이 도는 장방형 핸드백을 주둥이 부위로 툭툭 치며 몰고 가고 있었다. 잠시 서서 자근자근 씹기도 했다.

"대체 뭔 일이야, 왜 저러니 저 녀석?"

기후는 화면에서 눈을 떼지 않고 말했다.

"그러니까, 내 말이!"

현주가 시큰둥하게 받았다.

그건 카페 손님으로 온 여자의 것이었다. 여자는 자신의 핸드백이 떨어진 것도, 개의 놀잇감이 된 것도 모른 채 수다 떠는 일에 여념이 없었다. 결국 딴 자리에 있던 손님 하나가 비명을 지르고서야 포세의 이단적 행위는 일단락되었다. 핸드백 개구부에 달린 장식용 자물쇠에 손상이 생겼는데 견주가 넉넉히 변상함으로써 그 사건은 별문제 없이 넘어갔다고 했다. 정작 문제는 그런 일이 언제든 또 발생할 수 있다는 데 있었다. 포세는 바닥에 떨어진 게 무엇이든 주둥이로 몰고 간다고 했다. 그게 공이든 가방이든 물컵이든 신발이든 아무튼 뭐든 가리지 않는다는 것이다. 언젠가는 떨어진 선인장 조각을 한사코 치받다가 치료를 받은 적이 있다며 현주는 한숨을 내쉬었다.

"뭐지…… 맞다. 분리불안 증상 아냐?"

현주에게서 여러 번 들었던 말이었다. 카페나 호텔에 맡겨진 개들은 거의 대부분 그런 증상을 보인다고 했다.

"집에서도 그런다는데?"

현주의 말을 듣는 순간 요령부득이란 말이 떠올랐다. 아무려나 닥스훈트는 더 이상 오소리를 쫓는 사냥개가 아니었다. 그렇다면 쫓던 대상을 잃어버린 데 따른 상실감인가. 기후는 습관처럼 턱을 쓰다듬었다. 오소리가 아니라면…… 포세가 쫓는 건 대체 뭐지?

3

기후는 류가 자신의 리즈 시절, 그러니까 류주라로 날리던 시절을 때 없이 회고할 무렵에 동승했다. 기후가 가수의 꿈을 접은 뒤 처음으로 시작한 일이었다. 처음에는 운전기사로 채용되었는데 전임 매니저가 하던 일을 수습하다 아예 매니저 일을 겸하게 되었다. 류가 이름을 바꾸게 된 건 그녀의 인기하락과 무관치 않았는데 의상비라도 벌겠다고 나간 호텔 나이트클럽에서 봉변을 당한 게 결정적 계기였다.

한눈에 봐도 양아치같이 생긴 사내였다. 꽁지머리에 울긋불긋한 셔츠, 게다가 금도금을 한 목걸이. 류가 가장 싫어하는 스타일이었다. 그것을 알 리 없는 사내는 류가 노래를 부르고 대기실로 향할 때 류를 불렀다. 그것도 손나발까지 하고 애타게. 당연한 얘기지만 사내는 이성교제의 대상이 아니었다. 류 성격에 그런 열렬한 팬을 외면할 리가 없었다. 류는 언제나처럼 생긋 웃으며 손을 흔들어주었다. 그러자 사내가 무슨 말인가를 목청껏 외쳤다. 처음엔 무슨 소린가 싶었다. 일행으로 보이는 사내 주위의 또 다른 사내들이 낄낄거렸다. "그래, 한 번 대주라." 머리가 벗겨진 사내가 추임새를 넣듯 내지른 목소리를 듣고서야 그 뜻을 알았다. 류의 얼굴이 벌겋게 달아올랐다. 기후는 얼른 뛰쳐나가 류를 데리고 들어왔다.

"내가 이제 저런 소리까지 들어야 될 정도로 추락했니?"

류가 담배를 꺼냈다. 필터를 문 입술이 바르르 떨리고 있었다. 담배에 불을 붙이며 기후는 단호히 도리질했다.

"취객들이 하는 소리 일일이 신경 쓸 필요 없어요. 누나!"

"내가 취객들 앞에서 노래하는 처지에 놓였구나. 그치?"

기후의 말은 역효과를 냈다. 류는 감정이 격앙될수록 목소리가 침잠해지는 특징이 있었다. 그럴 땐 입을 다무는 게 상책이었다. '어이, 류주라, 한 번 대주라. 실망시키지 않을게.' 사내가 내뱉은 말이 귓가를 맴돌았다.

그 일이 있고 며칠 뒤 류는 새 예명을 지어 왔다. 류주라. 한글인 듯 외국어인 듯 어딘가 독특한 분위기를 풍겼던 그 이름은 결국 한 술꾼의 주정에 의해 용도 폐기되었다. 새로 마련한 이름이 니케류였다.

"좀 쉬운 걸로 하는 게 좋지 않을까요?"

기후의 말에 류는 발끈했다.

"패티김은 어떻고? 따라해 봐. 니케류. 감미롭지 않니?"

하지만 기후의 생각은 달랐다. 그 속에 담긴 의미는 그럴싸했지만 현재 류가 부르는 노래의 성격과는 전혀 맞지 않았다. 젓가락으로 케이크를 집어먹는 격이었다. 하지만 기후는 더 이상 말하지 않았다. 류의 마지막 남은 자존심과 관계된 사안이었다. 류는 자신이 매력적인 보이스컬러의 발라드가수에서 그저 그런 뽕짝 가수로 전락했다는 걸 도무지 인정하려 들지 않았다.

트위터에서 시작된 짤막한 목격담이 인스타그램을 거쳐 급기야 포털사이트의 박스기사에 오르더니 마침내 대표적 연예계 저널인 Y 스타의 '오늘의 포커스'에까지 등장했다. 놀라운 속도였다. 자동차로 말하면 시속 200킬로쯤 될까. 아무튼 여기에서 주목할 팩트는 신곡 소개 좀 해달라고 그토록 애걸해도 콧방귀만 뀌던 기자들이 메신저 역할을 자청했다는 거였다. 해시태그도 자극적이었다. #니케뺑소니날아오름. 세상인심이 흉흉한 것쯤이야 진즉에 알고 있었지만 이 정도일 줄이야. 기후는 헛웃음을 지었다. 그나저나 대체 누가 목격했다는 말인지. 지나간 차량이라곤 트럭밖에 없었는데. 기후는 혹 가로수의 잎사귀 하나하나가 감시카메라가 아닐까 하는, 말도 안 되는 상상을 하며 주위를 둘러보았다. 기후와 달리 류는 담담하다 못해 여유마저 풀풀 풍기는 낯빛이었다.

"봐요, 포털사이트에 올라온 글 중 하나예요. 이건 좀 더 직설적이네."

기후가 폰을 내밀었다.

–한때 류주라란 이름으로 발라드계를 화려하게 누볐던 니케류! 자동차에 부딪쳐 망가진 오토바이를 두고 뺑소니!

기후는 류의 표정을 흘금거리며 딴전을 피웠다. 그러나 그럴 필요가 없었다. 류가 기분 좋게 웃으며 기후의 등짝을 때렸던 것이다.

"내 이름이 메인타이틀로 올라온 게 몇 년만이니?"

"괜찮아요. 누나?"

"그럼 괜찮지, 괜찮지 않을 이유가 뭐니?"

4

그 일의 성격은 차치하고 사람들 입에 오르내리는 횟수로 순위를 매긴다면, 그리고 선두에 있는 단 하나의 이름만 조명한다면 그때 임지혜는 아닌 게 아니라 메인타이틀로 손색이 없는 인물이었다. 임지혜와 입사 동기였음에도 불구하고 류점숙은 당시만 해도 인지도가 제로에 가까운 존재였다. 류점숙은 니케류의 본명이었다.

그녀의 첫 직장은 루이비통, 구찌, 샤넬, 페레가모, 입생로랑, 지방시, 프라다 등 소위 명품브랜드를 취급하는 곳이었다. 좀 더 정확히 말하면 중고 명품브랜드를 백화점보다 저렴하게 파는 곳. 도심에서 약간 떨어진 곳이었지만 고객의 발길이 끊이지 않았다. 5층 건물이었는데 지하엔 A/S센터와 촬영스튜디오, 1,2,3층은 구두와 핸드백, 시계와 패션잡화를 파는 매장, 4,5층은 물품창고와 사무실이 있었다.

규모가 크다 보니 직원 숫자도 서른 명이 넘었다. 임지혜는 1층 매장에서 가장 좋은 위치에 있는 루이비통&샤넬 코너에 근무하고 있었다. 류가 배치된 곳은 엘리베이터 통로와 면한 멀버리&셀린느 코너였다. 출입구에서 가장 먼 쪽엔 중저가 브랜드를 모아놓은 종합

매장이 있었는데 각 코너에 배치된 직원이 일주일에 한 번 꼴로 파견근무를 나갔다. 둘은 근무시간 외에는 늘 붙어 다녔는데 점심시간도 예외는 아니었다.

"코만 좀 고치면 훨씬 나을 텐데."

둘은 회사 건너편 김밥집에서 산 김밥과 그 옆의 테이크아웃 커피숍에서 산 이천오백 원짜리 아메리카노를 들고 옥상에 올라갔다. 두 개째 김밥을 커피 한 모금을 곁들여 삼킨 임지혜가 류의 얼굴을 빤히 쳐다보며 말했다.

"또 그 얘기야?"

류는 김밥을 집어 들며 피식 웃었다.

"그리고 한 가지 더 있어 고칠 거."

커피잔을 입에 대다 말고 류는 동작을 멈췄다. 그건 또 뭔데. 눈으로 물었다.

"그 이름. 류점숙이란 이름."

눈을 흘기는 것에서 그쳤지만 사실 류는 명치 끝이 욱신거리는 기분이었다. 초등학교 시절부터 고등학교 졸업 때까지 심지어 전문대를 다닐 때도 친구들은 점숙을 점숙으로 부르지 않았다. 꼭 쩜쑥 혹은 점순으로 불렀다. 심지어 중학교 2학년 땐 50점으로 불리기도 했다. 기말시험에서 국어를 50점 받은 게 화근이었다. 키가 멀대같이 큰 남학생이었다. 녀석 덕분에 다음해 졸업 때까지 그녀는 줄곧 50점이란 이름으로 통했다. 지극히 평범한 점이라는 글자가 이름 석자에 섞이는 순간 요상한 의미로 둔갑했다. 모든 게 작명을 한 할아버지 때문이었다. 아니, 할아버지의 지엄한 분부에 맥없이 휘둘린 아버지 때문이었다. 하지만 할아버지는 세상을 떠났고 아버지는 호구지책을 강구하느라 바빴다. 그리고 이름 고치는 일이 어디 그리 쉬운가. 류는 점숙이란 명찰을 달고 진학할 수밖에 없었다. 다행히 고등학교에서는 더 이상 50점은 아니었다.

임지혜는 입사 동기 다섯 명 중 단연 두각을 나타냈다. 우선 외모부터가 남달랐다. 그야말로 팔등신 미인이었다. 웃는 얼굴에 침 뱉으랴. 그 말에서 '웃는 얼굴'을 빼고 '미모'를 넣어도 되지 않을까. 류는 임지혜를 볼 때마다 그런 생각을 했다. 임지혜가 맡은 코너의 매출은 상승일로를 걷고 있었다. 다른 코너에 비해 두세 배 이상이었다. 개별 상품의 단가가 센 것도 한몫했지만 무엇보다 그녀의 뛰어난 외모와 화술 덕분이었다. 매출을 주도적으로 견인하는 판매직원. 그녀의 이름 앞에 으레 붙는 수식어였다. 알고 보니 그녀의 전임자가 잘린 건 지지부진한 매출 때문이었다.

임지혜의 씀씀이가 커졌다. 점심때면 일식집이나 번듯한 한식집을 찾았다. 퇴근 후의 술자리도 갈빗집이나 횟집이 주가 되었다. 달라지지 않은 건 임지혜가 여전히 류를 끼고 다닌다는 사실뿐이었다.
"이런 데서 먹으려면 김밥 열 줄 사는 것보다 비싸겠지?"

류의 그 말에 임지혜는 어깨를 들썩이며 웃었다.

"고작 열 줄이니? 최소한 서른 줄 정도의 가격은 되지 않을까?"

류가 고개를 끄덕이자 임지혜는 류의 어깨를 치며 말했다.

"특별수당 받은 거로 사는 거니까. 걱정 안 해도 돼."

임지혜의 특별수당은 지속되었다. 인근의 웬만한 맛집은 환히 꿸 정도가 되었다. 덩달아 류의 체중도 불어나고 있었다. 류는 자신에게 살갑게 구는 임지혜가 좋으면서도 한편으로는 부담스러웠다. 단지 영양이라는 고장에 의탁한 인연치고는 유별나다 싶은 게 솔직한 심경이었다.

임지혜 어머니의 친정이 경북 영양이라고 했다. 임지혜는 초등학교 여름방학 땐 으레 외가에서 보냈다고 했다. 류가 영양에서 태어났다고 했을 때 임지혜는 꺅, 소리지르며 류의 손을 잡았다. 초등학교 2학년 때 서울로 전학 온 류는 영양에 대한 기억이 그리 많지 않았다. 그러다 반변천半邊川 이야기가 나왔다. 영양을 관류하는 하천이었다. 너도 반변천 출신이구나. 임지혜는 급기야 류를 껴안기까지 했다. 그녀는 반변천에서 외사촌들과 종이배를 띄우거나 물고기를 잡았던 얘기를 줄줄 늘어놓았다. 반변천 출신. 웃기는 표현이었지만 이상한 건 그 말을 들을 때면 임지혜가 정말 소꿉동무처럼 느껴지곤 했다. 류 역시 반변천에서 보낸 기억만은 또렷했다. 특히 한겨울, 아버지가 만든 스케이트보드를 타고 논 기억은 각별했다. 넓적한 송판 양쪽에 철사를 박은 굄목을 댄 그것은 보드 위에 쪼그리고 앉아 못이 꽂힌 막대로 빙판을 찍으며 나가는 방식이었다. 투박한 모양새와 달리 속도도 빨랐고 안정감도 있었다. 아무튼 둘의 기억이 합치되는 지점이 반변천이었고 그곳은 둘을 묶는 구심점이 되기에 족했다.

임지혜에 관한 이상한 소문이 돌기 시작한 건 입사한 지 햇수로 이 년이 되었을 무렵, 그러니까 그녀의 씀씀이가 헤퍼지기 시작한 때와 일치했다.

"나 때문에 피해를 볼까 걱정이니? 걱정 마. 그런 일 없을 거야."

여기저기서 수군대는 소리가 들려올 즈음 임지혜는 류에게 그렇게 말하며 씩 웃어 보였다. 술잔 위에서 꼼지락거리는 그녀의 하얀 손가락을 보며 류는 혀로 입술을 축였다. 우선 그녀가 소문의 진상을 제대로 알고 있는지가 궁금했다. 그 즈음 종합매장에서 스몰사이즈 핸드백이나 팔찌 혹은 귀고리 따위의 액세서리를 도난당하는 일이 잦아졌다. 하긴 어느 업종 할 것 없이 그런 손실은 있기 마련이었다. 도둑질하는 사람이 정해져 있는 것도 아니었다. 충동적으로 훔치는 사람이 의외로 많았다. 다들 선망하는 직장에 다니는 커리어우먼은 물론 심지어 남편이 고위공직자인 주부도 덜미를 잡혔다. 가장 악질은 담합해서 움직이는 무리였다. 아무리 성능 좋은 CC-TV도 그런 치들이 작당해서 빼돌리는 걸 잡기란 쉽지 않았다. 어쩌다 운 나쁘게 잡힌 초범에게 그간의 손실분까지 얹어 청구했는데 이즈음 들어 손실액이 회수액을 앞지르기 시작했다. 새끼손가락만 한 액세

서리 하나가 덩치 큰 여행용 캐리어보다 비싸다는 게 문제라면 문제
랄 수도 있었다. 그것은 명품브랜드가 갖는 치명적인 약점일지도 몰
랐다. 잠금장치 설치의 전면화를 주장하는 직원도 있었다. 대부분
의 상품을 개방적으로 진열하는 것에 따른 위험부담을 근거로 들었
다. 하지만 그것은 오너의 경영철학을 거스르는 것이었다. 오너가
원하는 건 고객이 자유롭게 살피고 음미한 뒤 구매여부를 결정하는
것이었다. 출입구에 세워 놓은 도난방지기도 소용없었다. 사실 조
금만 주의해서 살피면 도난방지용 태그나 스티커는 쉽게 가려낼 수
있었다.

　범인을 외부가 아닌 내부에서 찾게 된 건 작은 단서 하나가 발견
된 때문이었다. 직원용 화장실 변기에서 도난방지용 전자태그가 나
온 것이다. 어쩐 일로 그것은 빨려 들어가지 않고 떠올라 있었다. 직
원전용 화장실이라고 해서 고객의 사용을 완전히 배제할 순 없지만
극히 희박한 일이었다. 그때부터 이런저런 이름이 떠돌기 시작했는
데 가장 많이 등장한 게 임지혜였다. 그것은 도난사고의 대부분이
그녀가 근무하고 난 다음에 발생했다는 사실에 기인했다. 누군가는
일개 판매직원인 주제에 몸 전체가 명품브랜드 일색인 걸 보면 알조
아니냐고 했다. 그러나 그것은 어디까지나 추측에 불과했다. 류의
속내를 아는지 모르는지 임지혜는 술을 따르며 "인상 펴." 했다.

　"오늘 본 영화 이야기나 하자."

　임지혜는 홀짝 술을 들이켜더니 홍조 띤 얼굴로 말했다. 007영화

였다. 특이하게도 보통의 여자들이 숀 코네리, 로저 무어, 피어스 브로스넌, 다니엘 크레이그 중 누가 더 섹시하냐를 두고 갑론을박할 때 그녀는 영화에 나오는 비밀병기나 신소재 장비에 대해 얘기했다.

"내가 이래 봬도 한때 위대한 과학자를 꿈꾼 학도였어. 정말이야, 고등학교 졸업할 때까지 과학 성적이 제일 좋았다고."

전혀 예상치 못한 말이었다.

"왜 믿기지 않아? 사실은 과학 장비들이 너무 무거워서 포기했어. 실험을 하다 언제 튈지 모르는 화학물질에 이 고운 얼굴이 상할까 두렵기도 했고. 그래픽 디자인을 전공한 건 단지 1340그램의 노트북 한 대면 충분했기 때문이야."

웃기지도 않는 농담으로 눙치며 임지혜는 스파이 스릴러물에 천착하는 자신을 변호했다.

"미스 류는 꿈이 뭐였어?"

기습적인 질문에 류는 말문이 막혔다. 사업에 실패한 뒤 공사장의 야간 경비원으로 일하던 아버지, 밤늦게까지 식당일을 하던 엄마의 모습에 이어 대학에 들어간 뒤 이런저런 알바를 전전하던 자신의 모습이 갈마들었다.

"난, 꿈꿀 새가 없었어."

임지혜가 피식 웃었다.

"의외네. 가수라고 할 줄 알았더니. 대학가요제에서 상까지 받은 사람이 말야."

그녀의 말에 비로소 무대 위에서 상패를 들고 깡충깡충 뛴 기억이 되살아났다. 메인보컬이 갑자기 교통사고를 당하는 바람에 대타로 픽업돼 나간 자리였다. 비록 동상에 그쳤지만 류의 생애에 그처럼 빛났던 순간은 없었다.

"전번에 회식 때 보니까 정말 노래 잘하더라. 계속 그 길로 가는 게 좋겠다는 생각이 들었어. 이런 데서 썩기엔 노래실력이 아까워."

임지혜의 말에 류는 노래, 하고 발음해 보았다. 그러자 정말로 노래가 하고 싶어졌다.

5

"다 왔어요. 누나, 파우치백이랑 액세서리 잘 챙겨요."

기후가 주차장으로 차를 몰며 말했다.

"생각보다 괜찮네."

"그쵸? 시골에서 초등학교 다닐 땐 문화원이 세상에서 제일 멋진 건물인 줄 알았다니까요."

기후의 말에 류가 콧등을 찡그리며 웃었다.

"왜 아니겠니. 중학교 2학년 때였을 걸. 문화원에서 콘서트를 보고 난 뒤 가수가 될 결심을 했지."

상대방 의중과 무관하게 말을 잇대는 것. 류의 특기다. 처음엔 그런 행태가 이해되지 않았지만 이젠 그러려니 했다. 기후가 보기에 류는 자기중심적 사고에 침윤된 사람이었다. 모 방송에 나온 정신과

의사는 이런 사람을 일컬어 '자아를 타자화하고 타자를 자기화' 한다고 했다. 쉬운 얘기를 괜히 어렵게 설명하는 사람이었다. 그나마 쉽게 알아들었던 건 자아도취니 나르시시즘이니 하는 말이었다.

류는 문화원 원장이 직접 마중 나온 게 기꺼운지 희색이 만면했다. 기후는 닭발을 떠올렸다. 이게 다 그 사건의 영향 때문이라고 생각하니 기분이 묘했다. 라틴 아메리카의 어떤 인디오들은 닭발을 행운을 가져다주는 부적으로 삼는다고 했다. 정말 행운의 닭발일지도 몰랐다.

연일 비난조의 멘션이 올라오던 트위터와 페이스북에 훈기가 돌기 시작한 건 단 하나의 멘션 덕분이었다. 멘션을 올린 당사자는 자신은 니케류와의 교통사고에 연루된 사람의 딸인데 니케류는 뺑소니와 무관하며 일정 부분 과실이 있는 자신의 아빠를 진심으로 걱정해주었으며 굳이 닭발 재구입 비용까지 건넸다는 사실을 전했다. 수식이 없는 수수한 내용이어서 오히려 진정성이 돋보이는 글이었다. 사실 글의 형식은 중요하지 않았다. 원하는 내용이 효과적으로 전달되었다는 게 중요했다. 기후는 빛바랜 작업모를 눌러쓴 채 멋쩍은 표정으로 봉투를 건네받던 남자의 모습을 떠올렸다. 왠지 옆구리가 간질거리는 느낌이었다. 직업정신이 투철한 기자가 곧바로 목련시장을 찾아간 모양이었다. 타블로이드판 연예신문에는 후속기사가 올라왔다. 닭발집 남자를 취재한 기사인데 그날의 사건을 시간대별로 일목요연하게 정리해 두었다. 연예인답지 않게 겸손했으며 직접 닭발을 주워 봉투에 정성껏 담아 건넨 행동에 감동 받았다는 닭발집 남자의 고백에 한때 '류주라'를 사랑했던 속칭 '노땅그룹'의 팬들이 환호했다. 유명무실했던 팬클럽이 재건되었다. 팔로워 수도 급증했다. 말 그대로 대반전이었다. 관련 보도를 캡처해서 건네자 류는 코웃음을 치며 말했다.

"이걸 이제 봤니?"

문화원 원장은 류의 손을 잡으며 감격에 겨운 표정을 지었다.

"내가 류주라 씨 아참, 니케류 씨의 팬이 된 지 이십 년이 다 되어 간다면 믿겠어요?"

"어머, 원장님 정말이세요? 영광입니다."

원장의 후의에 힘입어 콘서트는 성황리에 종료되었다. 리즈 시절에 불렀던 발라드곡과 장르를 바꾼 뒤 취입한 트로트 곡을 반반씩 섞어 불렀다. 우연의 일치인지 객석을 채운 관객도 젊은 층과 중년층이 반반이었다.

행사가 끝나고 뒤풀이 시간에 내빈석을 향해 인사말을 할 때도 원장은 류에 대한 찬사를 잊지 않았다. 골수팬이 맞는 모양이라고 기후가 류의 귀에 대고 속삭였다. 류의 눈이 반짝 빛났다.

주흥이 무르익어가고 있었다. 문화원 주최라 그런지 예술계 인사들이 많았다. 점잔을 빼던 노신사들도 몇 순배 술잔이 돌자 말이 많아졌다. 기후는 자꾸 시계를 보았다. 숙소로 돌아갈 시간이었다. 류에게 눈짓을 했지만 딴청을 부렸다. 류가 앉은 테이블엔 재즈피아니스트를 포함한 젊은 음악도 몇 명이 포진해 있었다. 슈트 차림에 베레모를 쓴 원장의 모습이 다소 생뚱맞게 보였다. 다들 피아니스트를 바라보고 있었다. 그가 꺼낸 문예진흥기금에 관한 얘기에 귀를 기울이고 있었다. 기후가 그 장면을 본 건 우연이었다. 류가 와인 잔을 들 때 손수건이 테이블 아래로 떨어졌다. 기후의 눈이 가늘어졌다. 와인 잔을 든 게 먼저였는지 손수건이 떨어진 게 먼저였는지 불분명했다. 옆자리에 있던 원장이 아이구 이런, 하며 식탁 아래로 허리를 숙였다. 그리고 기후는 또 보았다. 잽싸게 와인 잔을 내려놓은 류가 치맛자락을 슬쩍 들어올리는 한편 다른 한 손으론 원장의 손목을 잡는 걸. 아니, 정확히 말하면 호들갑을 가장한 질책의 목소리가 먼저였다.

"어머머, 원장님도 짓궂어셔라."

피아니스트에게 가 있던 시선들이 류에게로 향했다. 3초 아니, 숨 한 번 들이마실 정도의 짧은 순간이었다. 사람들의 시선이 한곳에 쏠렸다. 뽀얗게 드러난 류의 허벅지였다. 그리고 그 허벅지 아래에서 손수건을 집어들고 막 고개를 든 원장의 모습. 사람들의 시선이 원장의 손목을 잡고 있는 류의 손으로 옮겨갔다. 류에게 손목을 잡힌 원장은 일순 동작을 멈추었다. 오십대 후반의 나이가 아니라도 고개를 숙였다 들면 얼굴이 다소 붉어질 터였다. 그런데 사람들의 눈엔 그게 단순한 생리작용으로 비치지 않는 모양이었다. 맞은편에 앉았던 피아니스트가 묘한 표정을 지으며 팔짱을 꼈다. 결정적인 것은 그 다음이었다. 원장이 손수건을 건네자 류가 생긋 웃으며 손사래를 쳤던 것이다.

"제 손수건이 아녜요, 원장님."

원장이 멍하니 류를 보았다. 류가 아주 완만하게 고개를 저었다. 원장이 주위의 시선을 의식한 듯 흠흠 헛기침을 하고는 손수건을 냉큼 주머니에 넣었다. 류는 그제야 치맛단을 톡톡 털며 자리에서 일어났다.

전화기에 불이 났다. 문화원에 갔다 온 지 사흘째 되던 날부터였다. 기후가 니케류의 매니저라고, 내게 얘기를 하라고 해도 기자들은 막무가내였다. 그들은 니케류 본인의 대답을 듣고자 했다. 사회 전체가 미투운동의 여파로 몸살을 앓고 있을 때였다. 전번 일로 좀 뜨긴 했지만 전성기의 인기를 회복한 수준은 아니었다. 기후는 득실을 따져보았다. 쉬 판단이 서질 않았다. SNS를 떠돌고 있는 말들을 주라에게 보여주었다. P시 문화원 김모 원장 성추행 혐의. 비슷한 제목 아래 이런저런 목격담이 이어지고 있었다. 가해자라는 말도 등장했다. 피해자는 물론 류였다. 맨 처음 유포한 사람은 정의천사라는 아이디를 쓰고 있었다. 류는 덤덤한 표정이었다. 별다른 언질도 없었다. 침묵을 지키고 있는 류와 달리 팬들의 반응은 뜨거웠다.

더러 니케류는 노래 대신 가십거리로 뜬다고 비아냥거리는 댓글이 달리기도 했지만 이내 묵살되었다. 대세는 성추행 사건이었다. 몇몇 잡지사와 케이블방송사에서 인터뷰 섭외가 들어왔다. 뜻밖에도 류는 좀 더 지켜보자고 했다.

"뭘 더 지켜봐. 인터뷰가 없다고 툴툴댄 게 언젠데."

그래도 류는 인터뷰 요청에 응하지 않았다. 무슨 꿍꿍이속인지. 기후는 더 이상 채근하지 않았다. 행사장으로 가고 있는데 현주에게서 전화가 왔다. 현주는 대뜸 괜찮으냐고 물었다.

"괜찮지 그럼. 우린 피해자지 가해자가 아냐."

현주가 가늘게 한숨을 내쉬었다. 가해자라는 사람 그러니까 그 원장, 정치권에서 힘깨나 쓰는 사람의 친형이라는 사실을 몰랐냐고 물었다. 현주의 말이 사실이라면 관심의 초점이 분산되는 거잖아. 권력의 횡포, 뭐 그런 말이 떠오르고 갑자기 목덜미가 뻐근해졌다.

"그런 게 무슨 소용이야. 누구든 잘못을 저질렀으면 대가를 치러야지. 지금이 어떤 세상인데."

그 말을 한 지 일초도 안 되어 기후는 방금 한 말이 사실이냐고 물었다. 현주는 적당한 선에서 마무리하는 게 좋겠다고 했다. 전화를 끊은 뒤 류에게 사실을 말했다. 뜻밖에도 류는 이미 알고 있다고 했다. 그러니까 원장 그 사람, 대어라는 뜻이잖아. 엉뚱한 말을 내뱉으며 페북을 열었다.

원장에게서 전화가 온 건 그날 밤 자정이 다 되어가는 시각이었다. 방송국 녹화를 마치고 귀가하는 길이었다. 류는 전화를 받는 내내 표정 변화가 없었다. 그저 네, 네, 하는 말뿐이었다. 핸들을 돌리면서 기후는 귀를 세웠다. 하지만 전화가 끊겼는지 더 이상 말이 없었다.

"무슨 전화가 그래요?"

"그냥 미안하게 됐다네."

"그게 다예요?"

"뭐 더 필요해?"

"알았어요. 그건 됐고 누나, 근데 말이죠…….

기후는 잠시 주저하다가 뒷말을 삼켰다. 이제 와서 문제의 장면을 들먹인들 무슨 소용이랴 싶었다. 어쨌거나 일련의 사건이 류에게 득이 되는 방향으로 흘러간다는 게 중요했다. 적어도 지금까지는 그랬다. 니케류란 가수가 잘 풀린다는 건 기후 자신의 형편이 나아진다는 걸 의미했다. 아내가 임신했다. 애가 생기면 방 한 칸으로는 부족했다. 원룸은 이제 졸업할 때가 되었다. 아니, 반드시 마감해야만 했다. 기후는 룸미러에 비친 류를 향해 주문을 외듯 중얼거렸다. 피해자.

6

뒷말을 삼키고 머뭇거리던 기후의 표정이 떠올랐다. 류는 쓴웃음을 지었다. 다른 사람은 몰라도 기후는 속일 수 없겠다는 생각이 들었다. 하긴 함께 보낸 게 몇 년인가.

어떨 때 류는 스스로 생각해도 자신의 변화를 믿을 수 없었다. 내가 왜 이 지경이 되었을까. 의문은 눈덩이처럼 커져서 나중엔 숨이 턱 막힐 지경이었다. 그럴 때마다 류는 고개를 들고 하늘을 보았다. 그리고 심호흡을 한 뒤 가슴을 두어 번 치면서 스스로를 고무했다. 류점숙 아니 니케류, 잘 했어. 이렇게 해야 살아남을 수 있어. 그런 다짐 끝에는 늘 떠오르는 얼굴이 있었다. 임지혜, 그녀였다. 그녀라면 이 상황에서 어떻게 했을까. 류는 눈앞에 그녀가 있는 것처럼 어때, 너라면 어떻게 할 거니? 하고 물었다.

"미스 류, 너도 내가 한 짓이라고 생각하니?"

임지혜는 어떤 소문이 떠도는지 다 알고 있다고 했다.

"아니 뭐 나야…… 아냐, 설마 네가 그런 짓을 했다곤 생각지 않아."

임지혜는 류의 눈을 빤히 쳐다보았다. 류도 시선을 피하지 않았다.

"내가 매상을 많이 올리고 또 특별수당을 챙기는 것에 대해 다들 질투하는 거야. 이런 데서 일하는 여자들이 좀 그렇잖아."

류는 고개들 끄덕였다. 점심시간인데도 커피숍은 한산했다. 이쪽과 옆 테이블 사이에 놓인 화분엔 제법 큰 스투키 선인장이 자라고 있었다. 스투키는 염소뿔처럼 보였다. 류의 눈길이 한 곳에 머물렀다. 굵게 자란 스투키들 틈새에 다소 이질적인 식물 하나가 솟아 있었다. 검지 손가락만 했다. 두 가닥으로 벌린 그것은 분명 스투키는 아니었다.

"색깔은 같지만 종이 달라. 저건 산세베리아야. 심을 때 섞여 들어갔나 봐. 발칙한 녀석 같으니라고. 저 틈바구니에서도 주눅 들지 않고 고개 드는 것 좀 봐."

가끔 임지혜는 그런 도발적인 언사를 아무렇지도 않게 내뱉었다. 그런 모습이 어쩐지 당당해보이기도 했다.

그런 소문이 떠돌거나 말거나 임지혜는 의연한 자세로 일관했다. 그 뒤로도 도난사고는 심심찮게 일어났지만 임지혜는 전혀 신경 쓰지 않는 눈치였다. 이후 생긴 두 가지 사건은 지금 생각하면 마치 잘 짜여진 각본처럼 진행되었다.

점심시간을 앞두고 1층의 송 매니저가 각 코너의 직원들에게 공구함을 가져올 것을 지시했다. 미끈한 돌고래를 닮은 거기엔 각종 세공품을 청소하는 데 쓰는 에어브러시와 제품별로 특화된 다양한 클리닝오일이 들어 있었다. 매주 목요일 정확히 퇴근 30분 전에 수거해서 내용물을 보충하거나 교체하곤 했다. 점심시간에 작업이 행해진 적은 한 번도 없었다.

공구함을 두고 나가는 류를 송 매니저가 불렀다.

"미스임이 안 보이는데 어디 갔나?"

"아, 오늘 종합매장 근무예요. 오후에 진열할 제품 가짓수가 너무 많다며 클린룸에 갔는데요."

점심시간을 앞두고 클린룸에 올라갈 일은 거의 없었다. 송 매니저는 의미심장한 미소를 흘리며 엘리베이터 쪽으로 걸어갔다. 물품창고에 면한 클린룸은 전용 엘리베이터로만 출입이 가능했다. 상시 근무하는 기술자가 있었지만 세척 가능한 오물이 묻었거나 흠이 가벼울 경우 코너 담당 직원이 직접 손질해서 가져왔다. 계단으로 통하는 비상구는 특별한 경우 외에는 잠겨 있었다. 열쇠는 실장이 직접 관리했다. 그런데 전시상품들로 인해 엘리베이터 쪽이 가려지는 경우가 많았다. 클린룸에 딸린 화장실에서 외출복으로 갈아입고 내려올 경우, 처음부터 감시하지 않은 이상 무사통과될 수밖에 없는 구조였다. 근무복을 입은 채 점심을 먹으러 나가기도 하지만 약속이 있는 경우 거의가 외출복으로 갈아입고 나갔다. 어디서 나타났는지 정 주임이 송 매니저 뒤를 따르고 있었다. 여직원으로서는 보기 드물게 관리직까지 오른 정 주임은 보안에 관한 한 자타가 인정하는 베테랑이었다.

그날 오후 임지혜에 관한 소문이 사내 전체로 퍼졌다. 이번엔 전번과는 성격이 전혀 다른 소문이었다.

기척도 없이 클린룸에 들어선 송 매니저와 정 주임이 본 것은 근무복 차림으로 작업대 앞에 앉아 청소삼매경에 빠진 임지혜의 모습이었다. 작업대 위에는 크기가 다른 핸드백이며 이런저런 액세서리

들이 잔뜩 쌓여 있었다. 큼큼 헛기침으로 기척을 낸 송 매니저는 잠시 망설이다가 정 주임에게 눈짓을 했다. 송 매니저가 다른 방으로 자리를 피한 사이 정 주임이 임지혜에게 양해를 구한 뒤 그녀가 지닌 개인소지품을 살폈다. 제품도, 제품에서 뗀 태그도 없었다. 다시 돌아온 송 매니저가 이게 마지막이란 듯 닫혀 있던 공구함을 열었다. 몇 가지 자질구레한 공구만 보일 뿐 외출복 따윈 없었다.

"이게 뭐니?"

정 주임이 가리킨 곳을 송 매니저도 보았다. 우유와 빵이었다. 두 사람의 시선이 임지혜의 얼굴로 모아졌다.

"아무래도 일이 많아서 나갈 시간은 안 될 것 같고…… 점심은 이걸로 때우려고요."

임지혜가 멋쩍게 웃으며 말했다. 송 매니저와 정 주임이 숙연한 표정으로 고개를 끄덕였다.

매출 신장에 앞장선 임지혜 직원, 점심시간도 반납하고 일하다. 골자는 그것이었다. 곧바로 보고되었는지 실장이 직접 아래층으로 내려와 임지혜를 격려했다. 의심의 눈길이 찬탄과 부러움의 눈길로 바뀌는 순간이었다. 말 그대로 전화위복이었다. 실장은 금일봉을 건네는 것도 잊지 않았다.

7

엄마는 무슨 생각으로 저녁마다 화장을 했던 것일까. 기후에게 그건 오랫동안 풀리지 않는 수수께끼였다. 열한 살. 어지간한 일은 기미채고 알아들을 나이였는데 그것만큼은 해석하기 어려웠다. 의류점이나 화장품점에서 일했다면 어땠을까. 하지만 그때 엄마는 재래시장 한 모퉁이에서 조그만 김밥집을 꾸리고 있었다. 그것도 오후 여섯 시면 어김없이 문을 닫는.

일주일에 한두 번을 빼곤 아버지는 거의 대부분 자정 무렵에 현관문을 두드렸다. 문이 잠겨 있지 않을 때도 마찬가지였다. 스스로 문을 여는 법이 없었다. 그런 아버지를 엄마는 마치 손님을 대하듯 수굿이 받아들였다. 기후는 오줌이 마려워 거실로 나갔다가 아버지와 마주치곤 했다. 아버지는 그때마다 불쾌하게 술이 오른 낯빛이었다.

"내력도 모른다. 생사유무도 모른다…… 거참!"

눈두덩을 비비고 나오는 기후를 보며 아버지는 딱딱한 낯빛으로 그런 말을 하곤 했다. 발음이 불분명했지만 나중엔 알아듣게 되었다. 평소와는 전혀 딴판인 아버지의 모습에 어린 기후가 동요할 때마다 엄마가 나섰다. 술 때문이란다. 아버지는 술만 마시면 이상한 말을 곧잘 하시잖니. 기후는 엄마의 말에 반기를 들 수 없었다. 엄마의 말마따나 술이 원인이었다. 맨정신일 때의 아버지는 절대 그럴 사람이 아니었다. 동네 어른들이나 놀러온 친구들 앞에서 아버지가 그를 목말 태우고 우쭐우쭐 춤이라도 출라치면 왕자라도 된 기분이었다. 꽤 오랜 시간이 지나서야 기후는 스스로에게 질문을 던졌다. 단 둘이 있는 자리에서 아버지가 목말을 태워준 적이 있었나? 기후는 고개를 저었다.

엄마도 알았을 것이다. 아버지는 속정이 자별한 사람이 아니었다. 그리고 여간해서는 자신이 가진 패를 놓지 않을 사람이었다. 그는 또한 패를 바꾸는 데도 능란한 사람이었다. 반면에 엄마는 너무 헤물러서 눈 뻔히 뜨고 새치기를 당해도 기침소리 한 번 내지 못할 사람이었다.

아버지의 용렬한 언사를 적극적으로 제지하지 못했던 엄마. 훗날 엄마가 품었을 모멸감을 생각하면 기후는 눈앞이 아물거렸다. 고등학생이 되어서야 기후는 술만 마시면 안색이 바뀌던 그가 친부가 아니라는 사실을 알았다. 엄마는 사생아를 키우다 그를 만났던 것이다. 사생아란 말의 뜻을 안 것도 그 무렵이었다. 언젠가 억병으로 취한 그의 입에서 사생아란 말이 나왔을 때 기후는 어이없게도 사생화로 알아들었다.

"얼마 전에 갔다 왔는데 또 가요?"

"그게 어디 한두 군데 보고 결정할 일이야? 게다가 동업하는 사람과 타산을 맞추려면 갔던 델 또 가야 하기도 하고…… 매사 불여튼튼이란 말도 있잖아."

"마늘밭이 거가 거지, 뭐 그리 볼 게 많다고. 이번엔 김 사장, 그분도 같이 가요?"

웬일로 엄마가 물러서지 않고 말꼬리를 잡았다. 기후는 문을 빼

꼼히 열고 내다봤다. 언제나처럼 거실 한쪽에 차려진 술상 앞에 두 사람이 앉아 있었다. 막 술잔을 비운 아버지가 젓가락으로 안줏거리를 집어 입에 넣었다. 엄마는 묵묵히 아버지의 얼굴을 바라보고 있었다.

"근데 당신 그게 뭐야. 이 밤에 웬 화장이야? 귀고리는 또 뭔데?"

"새삼스레…… 갑자기 왜 말을 돌려요?"

엄마의 얼굴이 붉어졌다.

"그리고…… 언제는 나 혼자 간 적 있어? 늘 김 사장이랑 갔지."

아버지의 방식이었다. 곤란한 질문은 곤란한 질문으로 제지할 것.

"그때 아버지가 미스 최랑 갔다는 거 어떻게 알았어요?"

뒷날 기후가 물었을 때 엄마는 비죽 웃기만 했다. 기후가 채근하자 "우리 가게에 식재료 대주던 양반이 우연히 봤다대." 짧게 말하곤 입을 닫았다. 기후도 입을 닫았다. 창밖으로 눈길을 돌린 채 한참을 앉아 있던 엄마가 일어나더니 술잔을 두 개 가져왔다.

"술은 정종뿐인데 괜찮지?"

두부 한 모를 썰어서 접시에 담은 뒤 전자레인지에 넣고 3분간 돌렸다. 정종 한 잔을 마신 엄마가 두부에 묵은지 조각을 얹어 먹었다. "너도 먹어봐, 괜찮네." 또 한 잔을 들이켠 엄마가 당시의 일을 담담하게 술회했다.

건축회사에서 해고된 아버지는 비슷한 처지의 동료와 사업을 시작했다. 농산물을 현지에서 싸게 산 뒤 기사식당이나 반찬공장에 납품하는 일이었다. 창고를 짓고 수송차량을 확보하는 건 일사천리로 진행되었다. 문제는 유통망 구축이었다. 다행히 둘 다 영업직에서 이십 년 가까이 부침을 거듭해온 이력의 소유자들이었다. 사업을 시작한 지 3년이 지나자 엔간히 기반이 닦였다. 직원도 몇 명 더 뽑았다. 하지만 아직은 여유가 없었다. 그런 연유로 가장 중요한 일, 그러니까 산지에 내려가 농산물을 선별하고 계약하는 건 여전히 사업주의 몫이었다. 한번 내려가면 이삼 일 체류는 보통이었다.

"김 사장과 같이 간다고 해서 늘 그런가 여겼지. 그런데 알고봤더니 조수석에 앉은 건 경리 보던 미스 최였어. 웃기잖니? 두 사람은 늘 그렇게 나란히 앉아 배추도 보러 가고 감자도 보러 가고 옥수수도 보러 갔단다. 두 사람에겐 참 좋은 시절이었지 싶다."

마치 남 얘기 하듯 말했다.

"그런데 엄마, 한밤중에 화장은 왜 했던 거예요?"

기후는 질문을 던지고서야 그 당시 아버지도 이런 질문을 던졌다는 걸 상기했다. 엄마는 손으로 얼굴을 매만지며 뭔가를 생각하는 눈치였다. 엄마는 이제 더 이상 화장을 하지 않는다. 아니, 오래전부터 하지 않았다고 하는 게 맞다. 정확히 말해 그날 아버지가 그 말을 한 뒤부터.

"전엔 화장한 모습을 보고 환하게 웃지 않았나요? 곱다는 말도 곧

잘 했고. 내 기억이 맞다면…….”

엄마의 목소리가 조금 잠겨 있다는 생각이 들었다. 엄마의 얼굴을 힐긋 본 아버지는 술잔에 술을 따르더니 천천히 들이켰다.

“낮이었지 않아?”

어린 기후가 듣기에도 궁색한 답변이었다.

“밤에도 그랬어요. 낮이나 밤이나.”

“…….”

“하긴 보이는 게 다가 아니라는 거. 알면서도 늘 속고 살죠. 알고 보면 당신도 늘 당신한테 맞는 화장을 하고 내 앞에 나타났던 거예요. 근데 부탁이 있어요. 기후, 쟤 앞에서 더 이상 술주정하지 마세요. 그 정도는 알아들을 나이가 됐어요. 나중에, 때가 되면 내가 얘기해줄 거예요. 그렇게 막무가내로 던지듯 말해서 상처를 주지 마요, 제발. 처음엔 당신도 쟤를 보듬어줬잖아요. 근데 새삼스레 이제 와서…….”

“쟤가 내 자식이 아니라서 그런 건 아냐. 아들 데리고 낚시 다니는 친구 녀석 보면 나도 모르게 속이 부대껴서 그래. 알았어. 그건 조심하지.”

“…….”

술잔을 내려놓은 아버지가 기후 방 쪽으로 눈길을 돌렸다. 기후는 가만히 방문 손잡이를 당겼다.

8

임지혜는 류에게 절대 피해를 주지 않겠다고 약속했지만 결과적으로 그 말은 공수표가 되고 말았다. 사달이 난 것은 공교롭게도 퇴근할 무렵, 그러니까 사복으로 갈아입고 있던 시간대였다. 이번에도 공구함이 원인이었다. 다들 탈의실에서 수다를 떨며 옷매무새를 가다듬고 있을 때 스피커에서 귀에 익은 목소리가 흘러나왔다. 관리과의 최 주임이었다. 공구함을 관리실에 갖다놓고 퇴근하라는 내용이었다. 오늘은 수요일인데? 여기저기서 볼멘소리가 튀어나왔다. 어디선가 그 소리를 들은 사람처럼 최 주임은 담당 기사가 내일부터 사흘간 급한 용무로 자리를 비운다고 부언했다. 류는 임지혜를 찾았다. 화장실에 갔는지 보이지 않았다. 아래층으로 내려가 그녀의 것까지 챙겨서 엘리베이터로 향했다.

몇 걸음 걷던 류는 걸음을 멈추었다. 들고 있던 두 개의 공구함을 번갈아 들었다 놓았다 해보았다. 무게감이 현저히 달랐다. 사무실 직원은 어떨지 모르지만 현장에서 근무하는 류 같은 판매직원들은 공구함을 들 때의 무게감이 몸에 배어 있었다. 세팅된 공구가 같은 이상 무게에 차이가 날 수 없었다. 무거운 쪽이 임지혜의 것이었다. 외형상 특이한 점은 보이지 않았다. 류는 호기심을 참을 수 없었다. 흘금 주위를 살피곤 재빨리 뚜껑을 열었다. 늘 보는 공구들이었다. 고개를 갸웃거리던 류는 좌우로 공구함을 흔들어 보았다. 사그락거리는 소리. 미세하지만 그것은 공구함 내부에서 나는 소리가 분명했다. 얼굴을 바짝 대고 내부를 살피던 류가 공구 거치대를 살며시 잡아당겼다. 조금 뻑뻑했지만 몇 번 흔들며 잡아당기자 위로 뽑혀 올라왔다. 류의 눈이 커졌다. 거치대와 바닥 사이의 빈 공간에 곱다시 누워 있는 그것. GG로고가 너무나 선명한 그것은 구찌의 미니 숄더백이었다. 류는 그것을 눈앞에 대고 살폈다. 중고라 해도 최소한 5-60만 원을 호가하는 물건이었다. 뒤에서 두런거리는 소리가 들렸다. 퍼뜩 정신을 차린 류는 잽싸게 숄더백을 코트 주머니에 넣었다. 뒤이어 거치대를 원위치 시킨 뒤 공구함 뚜껑을 닫았다. 사무실로 들어서자 최 주임은 보이지 않고 송 매니저와 정 주임이 류를 맞았다. 그들의 표정을 보는 순간 류는 뭔가 일이 꼬여버렸다는 걸 알았다.

"저길 한 번 보세요."

정 주임이 모니터를 가리켰다. CC-TV에서 조금 떨어진 곳이라 그런지 손에 든 물건의 형상이 선명하진 않았다. 하지만 그것을 주머니에 넣고 공구함의 뚜껑을 닫는 장면은 여과 없이 드러나 있었다. 정 주임이 손짓으로 주머니의 것을 꺼내라고 했다. 류는 말없이 코드 주머니에서 숄더백을 꺼내 정 주임에게 건넸다.

"언제부터 이랬어요?"

송 매니저의 목소리엔 날이 서 있었다.

해고 되고 딱 일주일 되는 날 류는 임지혜를 만났다.

"내가 짊어져야 할 짐을 네가 졌구나. 미안해. 그리고 너무 고마워."

류는 그녀의 말을 들으며 만약 그때 사실대로 말했다면 어땠을까, 그런 생각을 해보았다. 결론은 그런다고 달라질 건 없겠다는 것이었다. 공구함에 담당자의 이름이 쓰여 있지도 않았을 뿐더러 CC-TV만으로는 문제의 공구함을 확정하기가 어려웠다. 게다가 지난번 일로 임지혜에 대한 신뢰가 도타워진 그들이 류의 말을 믿어줄 리도 없었다. 물론 임지혜가 자백을 한다면 해결되겠지만 그럴 가능성도 없었다. 그럴 마음이 있었다면 임지혜는 그날 곧바로 나섰어야만 했다. 그런데, 하고 류는 미간을 찌푸렸다. 그렇다손 치더라도 왜 나는 찍소리도 못하고 물러났던 것일까. 류는 자신의 행동이 좀체 납득되지 않았다. 요양병원에 있다는 그녀의 아버지 때문에? 여전히 시장 좌판에서 생선을 팔고 있다는 그녀의 어머니 때문에? 지체장애 4급이라는 그녀의 남동생 때문에? 류는 고개를 저었다. 그 정도의 불행이라면 굳이 밖에서 찾을 것도 없지 않은가. 그렇다면 뭘까. 그러다 문득 그 말이 떠올랐다. 반변천 출신. 류는 저도 모르게 풀썩 웃고 말았다. 반변천 출신은 개뿔.

"그래도 비관하지 않고 웃는 걸 보니 마음이 놓이네."

임지혜가 허리를 펴며 말했다.

"고소 당하지 않은 것만 해도 다행 아니니?"

류는 짐짓 데면스레 말했다. 임지혜는 어깨를 으쓱해 보였다. 류가 한 푼도 받지 않고 나가는 것을 조건으로 사건이 일단락되었다는 것을 임지혜도 알고 있었다.

"가수 할 생각 없니?"

커피잔을 만지작거리던 임지혜가 물었다.

"얘는 뜬금없이…… 내가 뭐 대단한 인재인 줄 아나 봐."

류의 시뜻한 표정과는 달리 임지혜는 자못 진지한 낯빛으로 말을 이어갔다. 요컨대 단골 고객 중에 기획사 일을 하는 이가 있다. 그 사람에게 류의 노래가 담긴 동영상을 보여줬더니 반응이 참 좋았다. 그이가 말하길 이 정도 가창력이면 충분히 승산 있다. 일단 회사를 방문해주길 원한다. 뭐 그런 내용이었다.

"정말이야, 그 기획사 믿을 만한 곳이야. 요즘 심심찮게 FM을 타고 나오는 노래 있잖아. '그늘진 사랑', 그 노래 부른 가수도 그 기획사 소속이야."

자리에서 일어나기 전 임지혜가 명함 한 장을 내밀었다.

"그분 명함이야. 꼭 찾아가 봐. 언제든 환영한다고 했으니."

문 앞에서 헤어지기 전 임지혜가 류의 주머니에 뭔가를 슬쩍 넣었다. 류가 뭐라고 말하기도 전에 그녀는 몸을 돌렸다. 류는 주머니에 든 것을 꺼냈다. 제법 두툼한 봉투였다. 겉에 포스트잇이 붙어 있었다. '이건 정식 가수가 될 때까지 쓸 활동자금이야. 부족하면 연락해.'

9

현주는 포세에게 과거가 있다고 했다. 기후는 웃었다. "과거가 없는 생명체도 있니? 하다못해 하찮은 사금파리 하나에도, 떨어진 동백 이파리에도 과거는 있지." 기후의 말에 현주는 "특별한 과거 말야, 특별한!" 그러면서 언성을 높였다.

문제가 있다고 해서 노상 가둬둘 수는 없어서 풀어놓았다고 했다. 이제 와서 하는 말이지만, 현주는 포세가 가여워졌다고 했다. 그러면서 내가 엄마가 되려고 이런 맘이 드는가 봐, 했다. 기후는 수긍도 부정도 하지 않았다.

"하긴 콧잔등이 헐고 주둥이가 터지고 게다가 다리까지 저는 개를 좋아할 사람은 없지."

현주는 그 말을 하면서 한숨을 내쉬었다. 정말로 엄마가 되려는가 보군. 기후는 그제야 고개를 끄덕였다.

"어제는 말이지 포세 이 녀석이……."

애 둘이 앉아 있는 소파에 올라갔다는 것이다.

"애들이 좋아서 올라간 건 절대 아냐."

포세가 소파에 올라간 건 공 때문이었다. 수박처럼 세로로 길게 줄무늬가 그려져 있는 그것은 애들이 수영장에서 갖고 노는 공이었다. 수영장에 갔다 오는 길인지 애들은 수경을 이마에 올린 채 폰으로 게임을 하고 있었다.

애들은 뒤늦게 공이 없어진 걸 알았다. 포세가 절룩거리며 공을 몰고 가는 걸 본 사람들이 왁자하게 웃었다. 애 하나가 뒤쫓아가 공을 집어들었다. 애는 공을 보더니 울상을 지었다. 아니나 다를까 공은 포세가 흘린 분비물로 범벅이 되어 있었다. 뒤에 온 아이가 포세의 배를 걷어찼다. 그 바람에 슬리퍼 한 짝이 벗겨져 나동그라졌다. 포세는 그 슬리퍼를 주둥이로 몰고 갔다. 멍한 표정을 짓던 아이 하나가 씩씩거리더니 남은 슬리퍼를 벗어 포세의 머리통을 향해 던졌다.

"정통으로 맞았나 봐. 내가 달려갔을 땐 낑낑거리면서 머리를 흔들고 있더라니깐."

견주가 없다는 걸 안 애들 보호자는 포세를 한 번 노려보더니 서둘러 애들을 데리고 나갔다.

"어떤 사람이든 자기 개가 그런 수모를 당한 걸 알면 가만있지 않을걸!"

포세는 두둔해줄 주인이 없다는 걸 잘 알고 있다는 듯 흘금흘금 주위 눈치를 살피고 있었다. 그때 예상치 못한 일이 일어났다.

"어머나 포세! 포세 아니니?"

막 카페에 들어와 자리를 잡기 위해 두리번거리던 중년 여자였다.

"포세를 아세요?" 현주의 말에 여자는 "알다마다." 그러면서 안고 있던 몰티즈를 풀어놓곤 포세를 번쩍 안았다. 포세는 꼬리를 흔들며 여자의 뺨을 마구 핥았다.

포세를 안은 여자의 얼굴이 한껏 상기되었다.

"포세 맞구나. 한눈에 알아봤다. 아직도 그 버릇 못 고쳤니? 이게 뭐야, 일회용 컵 아냐? 장소에 따라 갖고 노는 것도 다르네. 그나저나 이 녀석 좀 봐, 코에 뭘 이렇게 잔뜩 묻혔니."

잠시도 가만있지 못하던 포세는 놀랍게도 여자의 품에서 내려온 뒤론 어딜 가지 않고 얌전히 앉아 있었다.

"드리블할 걸 찾지 않고 제자리를 지키고 있다니. 웬일이니 포세?"

"드리블?"

여자가 현주를 보며 눈으로 물었다. 현주는 입으로 뭔가를 치고 나가는 포즈를 취했다. 여자는 웃으며 고개를 끄덕였다.

"아, 그때마다 안아줘야 해요. 그러면 한동안 가만있다니깐. 사람들이 그걸 모르고 그저 뺏고 꾸짖기만 했겠지? 에고 가여운 포세."

여자가 포세의 목덜미를 쓰다듬었다. 포세가 꼬리를 흔들며 여자의 손을 혀로 핥았다. 확실히 평소와는 다른 모습이었다.

여자는 포세가 사는 집에서 삼 년 정도 베이비시터로 일했다고 했다.

"그 집 며느리가, 그러니까 내가 맡은 애의 엄마 말이에요. 그 여자가 포세 다리를 저렇게 했죠. 아, 물론 시작은 포세가 먼저 했지만."

종잡을 수 없는 말이었다. 포세를 절름발이로 만든 이가 포세의

주인이라는 말인데 그런 주인이 포세를 위해 호텔 비용을 대고 있
다?

현주의 반응에 여자는 "잘 이해 안 되죠?" 하더니 보충 설명을
했다.

포세를 포함해 개가 세 마리, 고양이 한 마리가 있는 집이었다. 나
머지 개들은 곱슬거리는 털을 가진 활발한 성격의 비숑 프리제 그리
고 애교가 많은 푸들이었다. 그 중 포세가 나이도 많고 덩치도 컸다.
고양이는 에티오피아 출신의 늘씬한 아비시니안이었다. 네 마리는
비교적 우호적인 관계를 맺고 있었다. 때로 세 마리가 거실 창턱에
나란히 서 있곤 했는데 한 폭의 그림을 보듯 근사했다. 그러던 어느
날 평화로운 구도에 금이 가는 사건이 발생했다.

"그야말로 돌발상황이었지."

여자가 포세의 목덜미를 가볍게 긁으며 말했다. 포세가 꼬리를 흔
들었다.

애 엄마가 분유를 타기 위해 생수병을 꺼냈다. 애는 유아 식탁 의
자에 앉아 있었고 애 엄마는 물이 끓는 동안 기저귀와 일회용 젖병
저장팩 보온병 따위를 챙기고 있었다.

"애 엄마가 다른 건 가사도우미에게 맡기는데 분유 타는 일만큼은
직접 했죠. 보통 포트에 끓이는데 외출 준비하느라 마음이 급했나

봐. 그날은 막 쓰는 주전자에 끓였더라고."

애 엄마가 뚜껑을 연 주전자를 식탁 위에 놓았다. 물이 식을 동안 그날 만날 친구들과 카톡으로 대화를 주고받았다.

포세가 유아 식탁 의자 옆의 의자에 앉아 있다는 걸 애 엄마는 잊고 있었다. 안고 있던 포세를 의자에 내려놓고 일어섰던 사람은 애 엄마 자신이었다.

주전자 받침대는 도자기 소재였다. 포세가 받침대의 구멍에 묶인 기다란 장식용 수술레이스를 발로 당기고 있었다. 물론 애 엄마는 까맣게 모르고 있었다.

"정말 순식간에 벌어진 일이었어요. 비명 소리에 뛰어가 보니 바닥에서 김이 솟아오르고 있었죠. 주전자가 바닥으로 떨어진 거지. 식탁 위에 깔려 있던 유리 때문에 쉽게 미끄러졌나 봐. 너무 놀란 나머지 나도 모르게 걸음을 멈추었죠. 바로 그때였어요. 애 엄마가 포세를 패대기친 건."

주전자가 조금만 더 안쪽으로 떨어졌으면 애를 덮칠 뻔했던 상황이었다. 그제야 정신을 차린 여자가 수습에 나섰다.

이후 포세가 애 엄마의 눈 밖에 난 건 당연한 일이었다. 문제는 시아버지 되는 양반이 포세를 유난히 아낀다는 것이었다. 먼저 세상을 떠난 부인이 귀애하던 개여서 그랬을 거라고 여자가 말했다. 시아버지는 한 달 대부분을 요양병원에서 지내다가 4,5일 가량 간병인을 대동하고 집에 와 머물렀다.

"그러니까, 포세가 며칠 집에 갔다 올 때가 있죠? 그때가 그집 할아버지가 집에 와 있을 때인 거죠."

"네에. 근데, 주둥이로 뭔가를 몰고 가는 습관은 어떻게 하다……."

"아, 그러네. 제일 중요한 얘기를 빠뜨렸네."

화상치료를 마친 애 엄마는 포세를 외면했다. 손길은커녕 눈길조차 주지 않았다. 포세가 주변을 어슬렁거릴라치면 애 엄마는 보란 듯이 다른 개를 껴안곤 냉담한 눈빛을 쏘아 보냈다.

얼마 뒤 포세가 이상한 행동을 하기 시작했다. 바닥에 떨어진 물건을 주둥이로 밀고 가는 것이었다. 물었다 밀었다를 반복하기도 했다. 그게 뭐든 상관없었다. 리모컨, 책, 걸레, 슬리퍼, 빨래광주리, 컵 등 온갖 물건이 거실 바닥을 누볐다. 결과적으로 포세의 전략은 주효했다. 대체 너 지금 뭐하고 있니. 그런 지청구를 듣기 일쑤였지만 어쨌거나 그때만큼은 애 엄마의 손길이 몸에 닿았으니까. 포세에게서 물건을 빼앗기 위해서는 포세를 만질 수밖에 없었다. 가사도우미 역시 마찬가지였다.

"난 그럴 때마다 입에 문 걸 떼낸 뒤 포세를 꼭 안아주곤 했는데, 이제 생각하니 그 습관을 더 굳히게 만들었지 뭐야."

포세의 한쪽 다리는 수술을 받았지만 결국엔 불구가 되었다. 노화현상의 하나라는 애 엄마의 말을 시아버지는 액면 그대로 받아들였다.

"그러니까 포세가 그러는 건 관심을 끌기 위한……."

"바로 그거예요."

여자가 포세의 머리를 쓰다듬었다.

10

취중에 빚어진 단순한 실수입니다. 이미 진심 어린 사과도 받았습니다. 저는 이 문제가 더 이상 확산되지 않기를 바랍니다. 아울러 문화원 원장님이 그간에 쌓은 명예도 온전히 지킬 수 있기를 바랍니다. ―니케류

류가 올린 멘션에 달린 댓글은 대부분 칭찬과 격려였다. 주목할 점은 메이저 언론의 태도 역시 크게 다르지 않다는 것이었다. 힘깨나 쓰는 사람의 친형. 기후는 현주가 했던 말을 떠올렸다. '스타로서의 자존심은 물론 한 여자로서의 수치심까지 접고 용서한 용기에 박수를 보냅니다.' 조금 전에 올라온 댓글이었다.

"어쨌거나 용서를 한 사람으로, 인간미 넘치는 아티스트로 각인된다는 거 아니겠어요?

기후의 말에 류는 모처럼 밝게 웃으며 고개를 끄덕였다.

이럴 때 소셜미디어는 마치 거름망 같기도 했다. 문제가 된 손수건이 트위터에 올라왔다. 원장이 주머니에 넣기 전 그 짧은 순간을 누군가 포착한 모양이었다. 정의천사인 줄 알았는데 사진을 올린 이는 안드로메다여왕이란 아이디를 쓰는 사람이었다. 원장의 얼떨떨한 표정과 손수건을 의도적으로 대비한 장면을 편집한 것이었다. 손수건 중앙에 뭔가 묻어 있었다. 진한 자주색이었다. 저건…… 기후의 입안에서 미처 끝맺지 못한 말이 맴돌았다. 그것은 류가 애용하는 립스틱의 색상이었다. 뒷골이 당기는 느낌이었다.

"손수건을 받을 걸 그랬죠?"

기후의 말에 류가 정색을 했다.

"무슨 말이야 그게?"

"팜므파탈의 상투적 수법이니 뭐니 하는, 기분 나쁜 말들이 떠도니까 하는 말이죠."

"그러니까 그 손수건을 처음부터 내 것으로 하는 게 좋았겠다는 거야? 내 것이 아닌데도?"

기후는 백미러로 류의 표정을 살폈다. 차갑게 굳어 있었다. 30분 후면 인간문화재로 지정된 한지공예가를 만나야 했다. 인기 연예인을 일일 인터뷰어로 선정, 유명인사를 탐방하는 프로인데 로컬방송이긴 해도 시청률이 꽤 높았다. 류는 감정 조절이 잘 되지 않는 유형이었다. 더 이상의 자극은 금물이었다.

"그런 뜻이 아니라 애초에 손수건을 받아 넣었으면 저런 사진, 찍히지도 않았을 텐데, 해서요."

하나마나 한 말이었다.

"어째 네 말을 들으면 내가 피해자가 아니라 가해자인 것 같다는 생각이 들어. 설마 날…… 그런 거니?"

기후는 마른침을 삼켰다.

"에이 그럴 리가요. 제가 누구예요. 누나 매니저잖아요. 제2의 전성기를 맞이한 니케류의 매니저, 김기후!"

소강상태가 이어졌다. 원장을 비난하던 여론도 시들해지고 있었다. 어쩐 일인지 뜨겁게 달아올랐던 연예담당 기자들도 더 이상 관심을 보이지 않았다. 그건 그렇다 쳐도 꾸준히 방송을 타던 류의 노래가 하강곡선을 그린다는 게 문제였다. 류의 얼굴에서 웃음기가 사라졌다. 기후가 건네는 농담에도 시답잖은 표정을 지었다.

류가 기후를 방으로 불렀다. 항구가 있는 M시에 소재한 나이트클럽의 공연 건으로 내려온 길이었다. 단독공연은 아니고 주라와 엇비슷한 수준의 가수 네 명을 묶은 예의 빅스타 조인트공연이었다. 넷다 한때 빅스타 소리를 들은 적이 있으니 생판 틀린 말은 아니었다.

"내일 한 차례 더 공연이 있는데 일찍 쉬지 그래요?"

나이트클럽 사장 일행과 저녁식사를 한 게 한 시간 전이었다. 류는 그때까지도 공연복 차림이었다. 반주삼아 마신 위스키 두어 잔에 류의 볼은 벌써 발갛게 달아올라 있었다. 위층에서 쿵쿵거리는 소리에 이어 물 내리는 소리가 들려왔다. 류가 천장을 올려다보곤 얼굴을 찌푸렸다. 나이트클럽에서 그리 멀지 않은 곳에 위치한 호텔이었다. 명색이 호텔이지 실상은 모텔 수준이었다.

"부탁 하나 들어줄래?"

두 손으로 발을 주무르던 류가 기후를 빤히 보며 말했다.

"새삼스레 부탁은."

"이번 부탁은 좀 특별한 거라 그래."

기후는 그제야 류의 얼굴을 똑바로 쳐다보았다. 왠지 처음 보는 사람처럼 낯설어 보였다. 그게 말이지, 류가 머리핀을 빼며 말을 이었다. 기후는 입을 다문 채 류의 말을 들었다.

"그건…… 자꾸 그러는 건 자해행위가 될 수도 있어요."

기후의 말에 류의 눈꼬리가 올라갔다.

"자꾸?"

기후는 대답하지 않았다.

"그리고 자해행위라고 그랬니?"

"……."

"그래서, 내 부탁을 들어주겠다는 거니 말겠다는 거니?"

"……."

"말 안 해?"

"알았어요. 원하신다면 할게요."

기후는 창밖으로 눈길을 돌렸다. 건너편 빌딩 꼭대기의 항공등이 규칙적으로 점멸하고 있었다. 잠깐 자조의 빛이 고였던 류의 눈이 처연해지고 있다는 걸 기후는 알지 못했다.

"너 그거 아니?"

류가 위스키 잔에 얼음을 넣으며 말했다.

기후는 대답 대신 과일이 담긴 쟁반을 류 앞으로 밀어 주었다.

"내가 오래 전에 이 방면의 전문가에게서 전수받은 건데 말야."

류는 말을 중단하고 남은 위스키를 천천히 들이켰다. 기후는 포크로 찍은 과일 한 조각을 건넸다. 류는 고개를 저었다. 안주를 거부한다는 건 꽤 취했다는 증거였다. 기후는 더 이상 권하지 않았다. 한번쯤 술에 취해 곯아떨어지는 것도 나쁘지 않을 터였다. 마음의 하중이 무거울 땐 그런 식으로 자신을 방기할 필요도 있었다. 류가 술잔을 들며 "한 잔 할래." 물었다. 기후는 고개를 저었다. "매니저까지 취하면 어떡해요." 류가 흥, 하고 웃더니 하던 말을 계속했다.

"내가 아는 그 사람이 말하길 오해가 이해로 바뀌는 순간 보너스가 주어진다."

그 말이 무엇을 의미하는지 기후는 눈을 끔벅이며 생각했다. 해석이 되지 않았다. 앰뷸런스 신호음이 급박하게 다가오더니 멀어져갔다. 류는 헤식은 웃음을 지으며 창밖을 향해 잔을 들어 보였다.

"보너스가 뭔지 모르지? 그 사람이 그러더군. 그건 존중과 사랑이라고. 알겠니? 그러니까 지독한 오해일수록 지독한 이해가 필요하고 지독한 이해는 잘만 하면 이전의 경멸과 미움을 상쇄하고도 남을 대가를 지불하는 거지."

취중 넋두리로 보기에는 지나치게 매끄러웠다. 하지만 여전히 말 속의 심지는 헤아릴 수 없었다.

"내가 이러는 건 보너스를 받기 위해서야. 보너스는 열심히 일한 사람에게만 주어지잖니. 안 그래?"

어렴풋이 진의가 짚이는 것도 같았다. 열심히 일하는 건 좋은데 방법이 문제 아니겠어요? 기후는 속으로 말했다.

류는 침대에 누워 불빛이 어룽거리는 창문을 바라보았다. 이상하 게도 잠이 오지 않았다. 평소보다 술을 많이 마셨는데도 정신은 더 맑아지는 기분이었다. 협탁 위 화분에 있는 선인장의 이름이 입안에 서 뱅뱅 돌았다. 귀, 뭐였는데…… 한참을 생각한 끝에 귀면각이라 는 이름을 건져 올렸다. 아직 쓸모있군 이 머리는. 그나저나 요즘 들 어 왜 선인장 종류가 눈길을 끄는 걸까. 류는 자신의 머리를 툭툭 치 며 모로 돌아누웠다.

그리고 그 기억은 왜 내게서 떠나지 않는 것일까. 류는 임지혜를 떠올리며 손톱을 깨물었다.

임지혜에게 그날 공구함을 회수한다는 걸 사전에 알고 있었느냐 고 물은 적이 있었다. 그녀는 선선히 알고 있었다고 말했다. 주차장 이란 말을 했다. 주차장? 의아한 눈빛으로 묻는 류에게 공구를 새로 세팅하는 날은 한 시간 전쯤 특수오일 배달업체의 차량이 온다고 했다. 복도 창문으로도 보여. 임지혜는 심상한 어조로 말했다. 듣고보니 다들 허투루 지나치는 걸 그녀만 세심히 관찰했다는 말이었다. 임지혜는 오해니 이해니 하는 말을 늘어놓는 한편 반전이라는 말도 덧붙였다. 영화나 드라마처럼 반전이 필요하다고 했다. 오해를 이해로 바꾸는 순간 자신을 겨누었던 창들이 자신을 기리는 깃발이 될 것이라는, 근사한 시 구절을 떠올리게 하는 말도 했다. 임지혜는 손으로 자신의 가슴을 툭툭 치며 말했다. 그런 일에는 으레 위험 부담이 따르는 법이야. 하지만 그걸 꺼려선 안 돼. 그날 자신이 우유와 빵을 사 들고 클린룸에 올라간 것도 일종의 승부수였다면서, 그게 통할지 안 통할지는 아무도 모르는 거라고, 그렇지 않냐고 그녀는 되물었다. 류는 길게 한숨을 내쉬었다. 글쎄 그걸 누가 알겠어.

임지혜의 소개로 들어간 기획사에서 이십대의 남은 열기를 소진한 끝에 류는 마침내 선망하던 가수가 되었다. 그것도 인기스타라는 별칭을 두른. 임지혜가 건넨 명함의 주인은 기획사의 홍보를 총괄하는 사람이었다. 그는 진심으로 류의 노래를 좋아했다. 그의 입을 통해 임지혜가 송 매니저와 결혼했다는 사실도 알았다. 송 매니저는 재혼, 그녀는 초혼이었다. 아무려나 임지혜는 류에게 피해를 준 사람이 아니라 은혜를 베푼 사람이었다. 반전이라면 반전이었다. 정말이지 보이는 게 다는 아니었다. 가수의 길을 걸으면서 류는 이 일이야말로 드라마가 필요하다는 걸 깨달았다. 대중은 평범한 걸 원하지 않았다. 하긴 스타가 평범한 사람이라면 굳이 티브이를 켤 이유도 공연장이나 극장을 찾을 이유도 없었다. 그런 맥락에서 일찍이 임지혜 그녀가 말한 반전은 더욱 절실한 것이기도 했다. 이른바 광팬이 늘면서 안티팬 역시 급속도로 늘어났다. 차마 입에 담기조차 힘든 악플을 대할 때마다 류는 버릇처럼 임지혜를 떠올리곤 했다. 이상한 일이었다. 규범이나 도의에 벗어난 일임을 알면서도 막상 그녀가 주역이었던 사건을 짚어가다 보면 어느새 그녀는 시련을 극복한 히로인이 되어 있었다.

류는 연습생 시절, 의도적으로 주변 사람들에게 어수룩한 모습을 보였다. 자잘한 실수 따윈 양념처럼 곁들였다. 때로는 오해의 소지가 있는 일조차 마다하지 않았다. 그리고 실전에서 실수를 만회하고 오해를 바로잡았다. 그러자 사람들은 그녀가 저지른 대부분의 실수를 불수의적인 것으로 뭉뚱그려 받아들였다. 류는 알았다. 사람들은 말로는 과정이 중요하다면서도 결과를 보고 판단한다는 것을. 상대가 한 일의 결과가 좋을 경우 자신이 과정에 끼친 부정적 영향을 최소화하거나 삭제하려 했다. 그러기 위해선 승자에 대한 예찬이 필요했다. 예찬의 목소리가 클수록 미안함도 줄어들었다. 비난의 대열에 섰던 사람들은 둘 중 하나를 선택했다. 외면하거나 예찬하거나. 아닌 게 아니라 그녀가 인기스타의 대열에 들었을 때 가장 크게 환호성을 질렀던 사람은 그녀의 연습생 시절을 가까이서 지켜봤거나 기억하는 사람들이었다. 눈앞에서 성공을 목도하는 순간 그들은 과거의 어수룩함을 서투름으로, 과거의 잘못을 시행착오로, 나아가 과거의 게으름을 슬럼프로 치환했다.

그 뒤로 임지혜의 소식을 듣지 못했다. 기획사를 바꾼 것도 이유가 되었지만 류는 굳이 그녀를 찾으려 하지 않았다. 그쯤에서 끝내는 게 맞다고 생각했다. 그녀의 후일담에서 혹여 저어되는 일이 발견된다면…… 생각만 해도 끔찍했다.

11

"그래서, 언제까지 이 일을 할 거야?"

또 그 소리다. 기후는 짐짓 심드렁한 표정을 지으며 리모컨으로 채널을 돌렸다. 현주가 그의 손에서 리모컨을 낚아챘다.

"에이, 왜 그래?"

"단돈 십만 원이라도 고정수입이 있어야 할 거 아냐. 그 여자 허울만 그럴싸한 스타지 속 빈 강정이라는 거 자기도 알고 나도 알아. 무슨 미련이 있다고 거기 붙어 있어. 혹 그 여자 좋아하는 거 아냐?"

픽 웃고 말았다. 류를 좋아하나? 기후는 속으로 물어 보았다. 물론 좋아한다는 답이 나왔다. 다만 가수로서. 아닌 게 아니라 노래를 제외한 류는 기후 스타일이 아니었다. 그리고 무엇보다 기후는 아내를 사랑했다. 현주가 자기 마음을 알아주지 않는 게 섭섭했지만 화를 내지는 않았다. 사실 화를 낼 자격도 없었다. 류의 매니저가 된 이래 제대로 된 월급을 받은 건 초창기 1년 정도였다. 이후 지금껏 그때그때 형편에 따라 받았다. 액수도 들쭉날쭉했다. 현주의 말은 틀린 게 하나도 없었다. 그런데도 왜 떠나지 않는가. 그건 자신의 청춘에 대한 예의였다. 기후는 이십대부터 '청보리의 노래'를 좋아했다. 그건 류의 대표곡 중 하나였다. 노래방에 가면 기후는 그 노래만 불렀다.

푸르게 물결치는 들판을 걸어가네 / 내 마음에 박힌 가시를 어루만지는 부드러운 손길 / 떠난 시간도 떠난 사랑도 청보리의 물결에 젖는 날들이여 오오……

그 노래엔 기후의 첫 사랑이 있었고 고학하던 시절의 외로움이 있었으며 또한 이루지 못한 꿈에 대한 회한이 배어 있었다. 류도 현주도 그 사실을 몰랐다. 현주가 티브이 채널을 이리저리 돌리고 있었다. 불현듯 류가 했던 말이 상기되었다. 류는 부탁이라고 했지만 강요에 가까운 말이었다.

"저거, 니케류 아냐?"

현주가 TV 화면을 가리켰다. 정말 류가 있었다. 연예인들의 일상을 추적하는 프로그램이었다. 류가 제일 싫어하는 점퍼를 걸친 사진이었다. 카메라는 아나운서가 손에 든 걸 클로즈업했다. 손수건이었다. 흐음. 기후의 입에서 가느다란 신음이 새어나왔다.

"여기, 보시다시피 자주색 자국이 있죠? 손수건의 테두리를 장식한 넝쿨 문양의 세 번째 돌출 부위에서 정확히 2.5센티에 위치해 있습니다. 자 그럼 이번엔 이 사진을 보시죠."

그러면서 아나운서가 꺼내 든 사진은 류가 대기실에 앉아 있는 모습이었다. 류의 무릎에 문제의 손수건이 놓여 있었다. 그 손수건 역시 클로즈업되었다. 그래픽으로 처리된 선과 숫자가 보였다. 돌출된 문양에서 정확히 2.5센티였다.

"첫 번째 손수건은 니케류가 자신의 것이 아니라고 한 것이고 두 번째 것은 니케류 본인의 손수건입니다. 모양도 색상도 심지어 립스틱 자국으로 보이는 얼룩의 위치마저 일치합니다. 이것은 무엇을 의미할까요?"

아나운서가 득의만만한 표정으로 카메라를 향해 질문을 던졌다.

"원장을 궁지에 몰아넣으려는 의도 아냐? 혹 원장과 원한 관계가 있어?"

현주의 말에 기후는 대답을 할 수 없었다. 알고 있지만 몰라야 하는 게 있다면 바로 이런 경우였다.

"그리고 새로운 소식이 들어왔습니다. 매니저에게 갑질했다는 얘기가 소셜미디어를 통해 빠르게 전파되고 있습니다. 이 사안도 확인할 필요가 있어 보입니다. 이 정도 되고 보니 니케류의 실체가 정말 궁금해지는군요."

현주가 기후의 팔을 잡았다.

"자기야, 저건 또 무슨 말이야?"

"글쎄, 나는 저런 얘기를 한 적 없어."

"기자들이 물으면 어떻게 대답할래?" 류는 다그치듯 물었었다. 갑자기 류가 무서워졌다. 기후는 기자들의 예상 질문을 늘어놓던 류의 얼굴을 떠올렸다. "누군가가 니키류가 매니저에게 갑질을 한다고 제보했어. 가령 월급도 제때 안 주고 심지어 손찌검까지. 자, 기자들이 몰려와 꼬치꼬치 캐묻는다고 쳐. 어떡할래?" 손찌검이란 대목에선 실제로 손을 들어 때리는 시늉까지 했었다.

현주가 폰을 켜서 뉴스를 확인하고 있었다. 현주의 표정이 굳어지고 있었다. 그제야 스킨로션조차 하지 않은 맨얼굴이라는 걸 알았다. 화장을 지운 현주의 얼굴이 낯설었다. 화장을 지운 여자는 어쩐지 세상을 다 살아버린 사람 같았다. 엄마 때문일지도 몰랐다. 낮달을 닮은 엄마의 얼굴이 그리웠다. 엄마가 세상을 뜬 것도 벌써 옛일이 되어 버렸다.

12

"그때 우리 자신의 본모습을 알았다는 느낌이랄까. 그럴싸하게 꾸며서 마음을 사려 한 나도 그렇고, 열심히 일하는 모습으로 다른 모습을, 그러니까 한 가지 일로 다른 한 가지 일을 덮으려 한 그 양반도 마찬가지고. 따지고 보면 다를 게 뭐 있나 싶더라. 그것도 깨달음이라고, 아무튼 그걸 알고 나니 홀가분하긴 하더구나."

엄마는 기후의 손등에 자신의 손을 포개며 말했다. 기후는 그날 밤 문틈으로 보았던 장면을 떠올렸다. 어줍은 태도로 술잔을 만지작거리던 아버지. 평소 잘 마시지 않던 술을 거푸 마신 뒤 욕실로 들어가 푸푸 소리를 내며 세수를 하고 나온 엄마. 말끔히 화장이 지워진 엄마의 얼굴은 박꽃처럼 담박했다.

"한밤중에 화장을 한 이유, 알고 보니 별거 아니지?"

엄마의 눈가에 잎맥 같은 것이 생겼다. 엄마의 미소. 기후의 눈에 그것은 은결든 몸피를 헤집고 나온 가느다란 꽃 이파리로 보였다.

"다른 사람은 어떤지 모르겠다만 난 그렇더구나. 의지가지없이 자식을 품고 살다 보니 그 뭐냐, 엉성궂은 외양간 말뚝에도 기대고 싶은 심정이더구나. 게다가 잔병치레가 잦던 시절이라…… 아무튼 처음엔 병색이 도는 낯빛을 지울 요량으로…… 어쨌거나 그 사람을 붙잡고 싶었던 게지."

엄마의 말이 얼기설기 얽힌다 싶었지만 충분히 알아들을 수 있었다.

"한눈파는 사람이 뭐 좋다고…… 화장을 할 시간에 영양식을 해 먹거나 병원에 가서 진찰을 받으셔야 했어요."

기후의 말에 엄마는 벙긋 웃으며 기후의 손등을 쓰다듬었다.

"그러게 말이지."

그 순간이었다. 엄마에게 화장을 해주고 싶다는 생각이 든 건. 기후가 말을 꺼내자 엄마가 혀를 윗입술에 살짝 대었다. 기분이 좋을 때 나오는 버릇이었다.

"내 맘을 어떻게 알았니. 화장을 했으면 싶었는데…… 아니, 염습할 때 하는 그런 거 말고."

간호사의 도움으로 엄마는 그날 곱게 화장을 했다. 기후는 접이식 탁자를 가져와 스탠드거울을 놓았다. 거울에 얼굴을 비춰 보던 엄마는 흡족한 표정을 지었다.

"나만 좋자고 하는 화장은 처음 해 본다."

엄마는 거울에서 눈을 떼지 않고 말했다. 기후는 폰을 꺼내 화장을 한 엄마의 얼굴을 찍었다. 여기를 보세요. 기후가 말했지만 엄마의 눈은 여전히 거울에 가 있었다. 엄마는 자신을 처음 만나는 사람처럼 보였다. 이상했다. 마치 잃었던 엄마를 찾은 느낌이었다. 기후는 가만히 그 모습을 찍었다.

"엄마, 나 엄마가 보고 싶으면 어떻게 해요?"

다시 자리에 누운 엄마 곁에서 기후가 말했다. 엄마가 기후의 눈을 지그시 바라보았다. 이윽고 엄마가 기후의 폰을 가리켰다.

"사진을 보듯이, 그렇게…… 내가 정 보고 싶을 땐 내가 자주 가던 곳을 찾아가 보려무나. 거기 내가 서 있던 자리에서 엄마가 여기서 눈으로 뭘 그리 열심히 찍었나 생각해 보려무나."

기후는 엄마가 잠든 걸 확인한 뒤 복도로 나왔다. 복도에서 밖으로 난 문을 열면 발코니가 나왔다. 그곳에서는 강이 보였다. 호스티스 병동으로는 이만한 곳이 있을까 싶었다. 엄마가 있는 병실은 5층이라 주변 풍광이 한눈에 보였다. 만기가 얼마 남지 않은 적금통장을 깬 게 전혀 후회되지 않았다.

마음에 평안이 찾아올 즈음 엄마는 자궁암 진단을 받았다. 의사는 쇄골 쪽 림프 전이가 된 상태라 수술은 불가하다고 했다. 이 정도면 많이 아팠을 텐데 어떻게 참았느냐는 말끝에 의사는 혀를 찼다. 매 출장부 옆에 고정되어 있던 갈색 약병이 떠올랐다. 항암치료를 해도 생존율이 15프로 미만이라는 말을 들은 엄마는 기후에게 호스피스 병원을 알아보라고 했다.

13

류의 집으로 가기 위해 지하주차장에서 엘리베이터로 향했다. 입구에 있던 젊은 남녀가 앞을 막았다. 여자가 폰을 꺼내 기훈의 입 가까이에 댔다.

"누구세요, 왜 이러세요?"

"J잡지의 이미영 기자예요. 가수 니케류의 매니저 김기후 씨 맞죠? 몇 가지만 물어볼게요."

여기자는 기후에게 손수건이 니케류의 것이라는 걸 알고 있었느냐고 물었다. 기후는 몰랐다고 했다. 그날 과음한 니케류가 착각한 모양이라고 했다. 폰으로 사진을 찍던 남자 기자가 풋 웃었다. 일각에서는 미투 운동을 악용한 사례로 보는 시각이 있는데 어떻게 생각하느냐는 질문이 이어졌다. 기후는 마른기침을 하며 시계를 보았다. 행사에 늦지 않으려면 늦어도 한 시간 후에는 류를 태우고 집을 나서야만 했다. 간신히 잡은 행사였다. 그리 크지 않은 마트인데 사장은 보수를 당일 현금으로 지불하겠다고 했다. 전성기에 비해 십분의 일도 안 되는 액수였다. 하지만 두 시간 정도 입구에서 고객들에게 인사만 하면 되는 비교적 쉬운 일거리였다. 류에 관한 소문이 아직은 소문으로만 떠도는 수준이어서 그나마 일은 끊기지 않고 있었다.

"아시다시피 그건 공개된 장소에서 벌어진 일입니다. 전혀 없었던 일을 꾸며내거나 묻혀 있던 일을 끄집어내어 가공한 게 아니에요. 또한 니케류가 직접 나서서 트윗하거나 해시태그를 달거나 잡지사에 제보하거나 뭐 그런 일을 한 적도 없잖아요? 그냥 술자리에서 빚어진 해프닝으로 봐주세요."

두 기자는 전혀 수긍하는 눈치가 아니었다. 그때 어디선가 다른 기자들이 달려왔다. 기후는 엘리베이터를 포기하고 계단으로 향했다. 계단 앞에도 기자 몇이 기다리고 있었다. 바지 주머니에서 진동음이 울렸다. 낯선 번호였다. 진동음은 끈질기게 이어졌다. 기후는 폰을 꺼내 흔들어 보였다. 그래도 기자들은 물러서지 않았다. 귀에 바짝 대고 통화버튼을 눌렀다.

"이봐, 김기후 씨 니켈인지 니케류인지 하는 년, 내가 그렇게 만만하게 보였대?"

"누, 누구세요?"

"알아봤더니 이건 장난이 아니야. 구글의 G메일을 이용해 트위터 계정을 많이도 만들었더군. 최초 유포자를 추적하다 알아낸 사실이야. 그년이 노리는 게 뭔지는 모르지만 기자회견을 해서 정식으로 사과하지 않으면 매장해버릴 거야. 가차없이! 알겠어? 확실히 전하라고. 오늘 안으로 기자회견을 해서 사실을 밝히고 정식으로 사과해야 한다는 거."

통화는 거기까지였다. 문화원 원장이었다. 기후가 폰을 내려놓기 무섭게 기회를 엿보던 기자 하나가 질문을 던졌다.

"지금 소셜미디어에 니케류가 매니저인 김기후 씨에게 갑질했다는 얘기가 떠도는데요. 그건 어떤가요, 사실인가요?"

결국 시작했군. 기후는 이마에 손을 짚으며 고개를 숙였다. 제각기 다른 형태의 신발들이 기후를 에워싸고 있었다. 그때 눈에 익은 심벌마크가 있었다. 니케의 날개? 기후의 눈엔 여전히 오지의 원주민들이 사냥할 때 던졌다는 도구로 보였다.

"혹 기자들이 니케류가 어떻게 대해주었냐고 물으면 사실대로 말할 거야?"

"사실이 뭔데요?"

"그건 네가 잘 알고 있잖아."

"뭘요?"

"아무튼 잘 부탁해."

류와 나누었던 대화가 두서없이 떠올랐다. 기후는 심호흡을 한 뒤 고개를 들었다.

"그건 사실이 아닙니다. 니케류는 저를 친동생처럼 챙겨주었습니다. 광고계약금이 든 봉투를 통째로 준 적도 있습니다. 제가 교통사고를 당해 입원했을 때였죠. 규모가 그리 크지 않은 음식체인점 광고였는데 아무튼 그 광고는, 제가 알기로 몇 년 만에 들어온 광고였어요. 그러니까 제 말은 이해타산보다 사람을 먼저 생각한다는 거예요. 누구냐고요? 지금 니케류 얘기를 하는 거잖아요. 아시는지 모르겠는데 니케류는 한때 사채를 써야 할 정도로 어려웠습니다. 하지만 그때도 제 월급을 미룬 적은 없었죠. 빚을 내서라도 봉투를 쥐어 주었어요. 갑질이라뇨, 항상 제 입장을 헤아려준 맘씨 고운 사람이었습니다. 수입이 들쑥날쑥 넉넉지 않은데도 제가 여태껏 곁을 지키고 있는 이유가 뭐겠어요?"

전혀 예상치 못한 답변에 기자들은 놀란 표정을 지었다. 어떤 기자는 사뭇 고무된 표정으로 고개를 크게 끄덕이기까지 했다. 봉투를 준 건 맞지만 광고계약금이 든 봉투는 아니었다. 계약금은 주라의 통장으로 들어왔었다. 그건 주라가 병원 로비 한쪽에 있는 현금인출기에서 뽑아온 돈이었다. 120만 원. 기후는 액수까지 기억하고 있었다.

14

류가 정신병원에 입원했다. 의사는 강박증과 불안우울증 그리고 착란증이 위험 수위를 넘었다고 했다. 류가 획책한 모든 일들의 전모가 드러났다. 네티즌들은 경쟁하듯 그녀에게 불리한 증거를 SNS에 올렸다. 재기의 거점으로 삼았던 온라인 커뮤니티가 자신을 태우는 거대한 용광로로 변한 것을 그녀는 믿을 수 없었다. 그러다 절망했고 끝내는 자폭했다.

기후는 면회실을 둘러보았다. 벽에 설치된 모니터에 병원의 제반시설에 관한 영상이 나오고 있었다. 미술요법, 인지요법, 레크리에이션, 음악여행 등 치료프로그램과 관련한 문구도 보였다. 음악여행이 눈길을 끌었다. 류 본인의 음악은 어떤 영향을 미칠까, 문득 그런생각이 들었다. 그때 보호사의 부축을 받으며 류가 면회실로 들어섰다. 기후는 가볍게 손을 들며 자리에서 일어났다. 자리에 앉은 류는꼿꼿한 자세로 기후를 노려봤다. 해쓱한 얼굴에 눈빛만 형형했다.

"누나, 뭐 불편한 데 없어요?"

"니 마누라 애 낳았니?"

갑작스런 질문에 기후는 잠시 입을 다물고 류의 눈을 들여다보았다.

"아직 그건 기억하고 있네?"

기후의 목소리가 너무 작아서 류는 듣지 못한 듯 재차 물었다.

"두 달 남았어요. 배가 이만해."

그러면서 기후는 두 손으로 둥그렇게 부푼 배를 그려 보였다.

"사람들은 말이지⋯⋯."

류가 가까이 다가오라고 손짓했다. 기후는 류 쪽으로 상체를 숙였다.

"뭐든 의심부터 해. 그건 너도 알지? 그리고 어떻게 됐나 도둑고 양이처럼 살금살금 다가와 살피지. 안 보는 척하면서 다 봐. 그러곤 깜짝 놀라는 시늉을 한다. 어휴 이럴 줄은 정말 몰랐어. 이딴 소리 지껄이면서. 다들 위선자야. 자신도 위선자면서 다른 사람 위선은 절대 용서 못해."

"누나, 무슨 얘기를 하고 싶은 거예요?"

류가 기후의 귀를 잡아당겼다. 아팠지만 기후는 내색을 하지 않았다.

"넌 알아야 해. 배신당하지 않으려면 니가 먼저 배신을 해야 해. 니가 먼저 등을 보이면 다들 놀라서 쭈르르 니 앞으로 와서 줄 설 거야. 알겠니 내 말? 속지 않으려면 니가 먼저 속여야 한다고 이 명청아."

귀가 얼얼했다. 기후가 귓불을 만지는 걸 본 류가 쿡쿡 웃었다.

"근데, 니 마누라 애 낳았니?"

지리멸렬할 상황이 이어지더니 잠시 암전이 되듯 정적이 흘렀다. 류는 입을 꾹 다문 채 탁자를 내려다보고 있었다. 류가 컵에 보리차를 따라 건넸다. 흘금 기후를 쳐다본 류가 허리를 굽히고 두 손으로 보리차를 감쌌다. 궁룡처럼 굽은 류. 순간 곡선을 그린 심벌마크가 떠올랐다. 구름을 보료로 삼는 여신과 달리 가시덤불에 갇힌 그녀는 다시는 날지 못하리라. 보호사가 이제 끝내시죠? 눈짓으로 의향을 물었다. 기후는 고개를 끄덕였다. 막 일어서려는데 류가 손을 내밀었다.

"왜요?"

"핸드폰 내 봐."

"뭐 하려고요?"

"매니저가 왜 이리 건방져. 내라면 내."

기후가 건넨 폰을 받은 류는 계정의 비밀번호를 물었다. 기후는 기본요금이 싼 걸로 새로 계약했다고 얼버무렸다.

"누나도 알겠지만, 요즘 형편이 많이 어려워요. 와이파이 안 되는 곳에선 비밀번호 알아도 소용없어요. 거기 메모장에 써놓으면 내가 집에 가서 SNS에 올릴게."

류가 메모지에 뭔가를 꾹꾹 눌러쓴 뒤 기후에게 건넸다.

"최대한 빨리 올려. 나중에 내가 살아 있는 걸 알면 다들 깜짝 놀랄 거야. 기뻐서 우는 팬도 있겠지?"

류가 쿡쿡 웃었다. 그녀의 돌연한 웃음에도 기후는 놀라지 않았다.

"맞아요. 그러는 팬도 있을 거예요."

"안 올리면 죽을 줄 알아. 알겠니?"

"알았어요. 누나! 절 믿으세요. 제가 언제 누나 속인 적 있어요?"

순간 류의 눈이 희번덕거렸다.

"뭐라고? 내가 언제 널 속였니, 응? 이 자식아. 말해 봐."

류가 기후의 멱살을 틀어잡았다. 보호사가 달려와 류를 떼냈다.

15

주차장으로 걸어가던 기후는 주머니에서 메모지를 꺼냈다. 종이
가 파일 정도로 꾹꾹 눌러쓴 글씨였다.

—정신병원에 입원한 니케류 자살.

기후는 돌아서서 병실을 올려다보았다. 끝에서 두 번째 방이었다.
방금 전에 면회한 류가 거기 있었다. 어쩌면 이건 진심일지도 모르
겠다는 생각이 들었다. 자살을 시도할 이유는 충분했다. 그러다 기
후는 고개를 흔들었다. 류가 한 말이 생각난 때문이었다. 나중에 내
가 살아 있는 걸 알면 다들 깜짝 놀랄 거야. 하긴 자살을 하든 안 하
든 더 이상 이슈가 되진 않을 것이다. 포털사이트의 검색창에 니케
류를 치면 가장 많이 나오는 말이 자작극, 그 다음은 과대망상이었
다. 한참 아래에 달린 댓글 중 하나가 자업자득이었다. 아이디가 바
다소금이었다.

주차장으로 내려가기 전 한 번 더 돌아보았다. 임지혜에게서 연락

이 왔다는 얘길 지금이라도 해줘야 하나. 잠시 망설이다가 그대로 계단을 내려갔다.

며칠 전 자정이 다 된 시각이었다. 벨이 울렸다. 낯선 번호였다. 그냥 끊었는데 5분 뒤 다시 울렸다. 그 바람에 곤히 자던 현주가 깼다. 전원을 끄려고 하는데 병원 전화일 수도 있잖아. 그러면서 받아보라고 현주가 말했다. 기후는 폰을 들고 거실로 나왔다.

"혹시 니케류의 매니저 님 맞나요?"

여자였다. 쉰 듯한 목소리였다. 전화번호를 얻기가 참 힘들었다고 여자가 말했다.

"근데 무슨 일로……."

오래된 팬인가 싶었다. 갑자기 피로가 몰려왔다. 후우 하는 한숨 소리가 들려왔다.

"제가 지금 하던 일이 있어서……."

금방이라도 종료버튼을 누를 기세였다.

"잠깐만요,"

여자가 다급히 불렀다.

"옛날에 같은 직장에서 일했던 사람이에요."

여자의 말을 듣는 순간 시야가 트이는 기분이었다. 가수가 되기 전 류가 다닌 직장은 한 곳뿐이었다. 그곳에서 꽤 친하게 지낸 여자가 있었는데 둘 다 영양과 인연이 있었다는 것, 그리고 그곳의 하천 이름을 딴 말을 주고받았다는 정도. 기후가 알고 있는 건 그게 다였다.

"혹시 반변천 출신…… 아, 그러니까 영양에 있다는 그분 아니신지."

"반변천 출신요?"

툭툭 질그릇 갈라지는 듯한 웃음소리가 들려왔다.

"미스류한테서 들었나 보군요. 영양은 제가 아니라 제 어머니 고향이에요. 아무튼 반변천 출신이란 말. 그 말을 얼마만에 듣는지 모르겠네요."

여자는 니케류 대신 직장 다닐 때의 호칭인 미스 류를 썼다. 여자는 류의 입원이 사실인지, 사실이라면 상태가 어느 정도인지를 물었다. 기후가 극심한 스트레스를 해소하기 위한 응급조치라고 하자 병문안을 가도 되느냐고 물었다. 기후는 그건 곤란하다고 말했다. 절대안정이 필요하다는 의사의 지시가 있었다고 부언했다. 그렇군요. 여자는 실망한 눈치였다. 여자는 몇 마디 더 하다가 그럼, 하고 전화를 끊으려고 했다. 기후가 잠깐만요, 하고 여자를 불렀다.

"니케류 아니 미스 류에게 어떻게 전할까요? 그러니까 요즘 근황이……."

잠시 말이 없던 여자는 이혼하고 목련시장에서 떡볶이집 차려서 근근이 먹고산다고 했다. 그러면서 여자는 미스 류가 떡볶이를 참좋아했는데, 하며 말꼬리를 흐렸다. 기후는 류와 한 번도 떡볶이를 먹은 기억이 없었다. 여자의 기억이 틀렸거나 류의 입맛이 변했거나 둘 중 하나일 것이다. 여자는 언제고 미스 류와 매니저 님에게 떡볶이를 대접하는 날이 오면 좋겠다고 했다. 기후는 그날이 꼭 올 것이라고 했다. 전화를 끊으려는데 이번엔 여자가 불렀다.

"영양떡볶이요."

기후가 네? 하고 반문했다.

"가게 이름요."

16

주차장을 빠져나올 즈음 비가 내리기 시작했다. 비가 좋은 이유는 가슴에 더께더께 쌓인 것들을 대신 씻어준다는 점이었다. 신호가 바뀌었다. 기후는 차를 세운 뒤 기어를 중립에 넣고 브레이크에서 발을 뗐다. 손등에 부드러운 감촉이 느껴졌다. 포세였다. 예방접종을 하고 오던 길이었다. 류를 면회한 건 예정에 없던 일이었다. 우중충한 날씨 때문일지도 몰랐다. 기후는 손을 뻗어 포세의 머리를 쓰다듬었다.

일주일 전, 현주가 포세를 키울 의향이 있느냐고 물었다. 뜬금없이 그게 무슨 소리냐고 되물었다. 현주는 포세의 주인이 아니, 그 주인의 시아버지 되는 양반이 아무래도 돌아가신 것 같다고 했다.

"전화가 왔어. 포세를 데려가려나 했는데 갑자기 안락사를 부탁하는 거야. 비용은 넉넉히 지불하겠다면서. 근데 포세는, 알겠지만 수명이 아직 적잖이 남은 개야. 적어도 4,5년은 더 살 수 있어. 행동장

애나 신체장애를 들먹이는 건 핑계라는 생각이 들었어. 그래서 입양을 하는 건 어떻겠냐고 물었더니 선선히 그러라고 하더군. 언제 괜찮겠어?"

기후네 집에 온 뒤부터 포세의 기행은 현저히 줄어들었다. 어쩌다 길을 막는 물건이 있으면 콧등으로 툭툭 칠 뿐 기후나 현주가 포세, 하고 손짓하면 얼른 뛰어와 품에 안겼다.

신호등이 초록으로 바뀌었다. 기후는 액셀러레이터를 지그시 밟았다. 자동차는 다시 도로를 질주했다. 나는 포세를 싣고 차를 몰고 간다. 기후는 그렇게 말해 보았다. 그 말을 꺼내는 순간 뭔가 저 앞에 뚜렷한 목적지가 있을 것 같았다. 문득 엄마가 떠올랐다. 엄마의 생을 운전한 건 누구였을까. 엄마는 늘 승객이었다는 생각이 들었다. 아무리 그래도 맘 깊은 곳에서는 핸들을 잡아보지 않았을까. 만약 엄마가 자신의 생을 모는 운전사였다면 최종 목적지가 어떤 곳이었을지 궁금했다. 그걸 꿈이라고 말하는 사람도 있지만 기후는 꿈이라는 말이 내키지 않았다. 꿈, 하고 말하는 순간 현실이 더 진득하게 새겨지곤 했다. 꿈보다는 목적지란 말이 좋았다. 꿈과 달리 목적지는 두 발을 딛고 살아가는 지상에서, 그러니까 어떤 상황의 현실에서도 마음만 먹으면 도달할 수 있을 것 같았다. 엄마와 얘기를 많이 나누지 않은 게 후회되었다. 좀 더 일찍 엄마의 목적지를 알았다면 뭔가 달라졌을지도 몰랐다. 고개를 돌려 포세를 보았다. 포세의 눈에 자신의 모습이 비쳤다. 나만 좋자고 하는 화장은 처음 해 본다. 엄마가 한 말이 떠올랐다. 후회도 그렇지만 깨달음 역시 한참 늦게 오는 법이다. 정말이지 남의 눈에 비친 내 모습만 봐 왔다는 생각이 들었다. 하긴 모두가 그렇게 사는 것 같았다. 기후는 포세의 얼굴에 바투 얼굴을 갖다 대 보았다. 포세의 눈은 단 한 점의 의구심도 없어 보였다. 어떤 장치도 없는 거울 같았다. 그리고 거기에 맺혀 있는 사내의 표정은 이상하리만치 가볍고 말개져 있었다. 기후는 저 얼굴을 잊지 말아야겠다고 생각했다. 비로소 자신의 얼굴을 찾은 기분이었다. 그런 거라고. 기후는 생각했다. 결국 자신에게 돌아오는 거라고.

손짓

손짓

일주문을 나서던 병우 씨는 문득 생각난 듯 걸음을 멈춘다. 그리고 천천히 걸음을 옮겨 지붕을 받치고 있는 기둥에 손바닥을 댄다. 돌 특유의 딱딱한 질감이 느껴진다. 병우 씨는 가만히 기둥을 쓰다듬어 본다. 커다란 절구통 모양의 돌기둥 위에 몽땅한 나무 기둥을 얹은 독특한 양식이다. "여기저기 많은 절을 다녀봤지만 여기만 한 데가 없어." 병우 씨의 말에 딸아이는 "저도 그래요." 그 한마디만 했었다. 손은 기둥을 만지면서 정작 딸아이의 눈길은 저 아래 등나무 군락지에 가 있었다. 그래서 넌 그 기둥이 아니, 절이 좋다는 거니 등나무숲이 좋다는 거니. 병우 씨는 데면스레 응수했을 것이다. 아내를 위해 연등 공양을 하고 나오던 길이었다. 딸아이 역시 아내를 닮아 꽃을 좋아했다. 아니나 다를까 딸아이는 계단을 내려서자

마자 곧바로 등나무 군락지로 향했다. 아래로 처져 피어나는 등꽃은 멀찍이 떨어져서 보면 딸아이의 말마따나 보랏빛 불꽃 같았다. 모양도 색깔도 달랐지만 화사하다는 점에선 백일홍과 진배없었다. 딸아이는 땅바닥에 소복이 쌓인 꽃을 가리켰다. "봐요, 바닥도 보랏빛으로 흥건해." 딸아이의 목소리엔 가녀린 떨림이 있었다.

병우 씨는 딸아이와 함께 걷던 길을 더듬어 가다가 너럭바위에 엉덩이를 걸친다. 그리고 다리를 늘어뜨린 채 계곡물을 내려다 본다. 등꽃 몇 송이가 물살에 떠밀려간다. 어떤 것은 물굽이 안쪽에서 곱다시 맴돌고 있다. 브로치 같지 않아요? 딸아이가 했던 말이 귓불을 간질인다. 병우 씨는 고개를 끄덕인다. 브로치 같았던 등꽃은 이윽고 아내의 얼굴로 화한다. 병우 씨는 지그시 눈을 감는다. 물소리가 아득해지더니 서늘한 손길 하나가 병우 씨를 간밤에 꾸었던 꿈으로, 그 너머 아내와 함께 했던 시간의 터널로 이끈다.

아내는 물끄러미 이쪽을 바라보고 있었다. 허리까지 물이 차올랐다. 아내의 표정은 그러나 전혀 변화가 없었다. 데스마스크를 보는 것 같았다. "이리 오라니까 얼른." 다그쳐 보았지만 미동도 하지 않았다. 병우 씨는 아내의 시선이 어딘가 어긋나 있다는 걸 느꼈다. 힐끗 뒤를 돌아보았다. 끼이익, 기분 나쁜 마찰음만 들릴 뿐 아무것도 보이지 않았다. 말 그대로 칠흑 같은 어둠이었다. 이윽고 아래에서 올라온 희미한 빛이 아내를 운무처럼 감쌌다. 물은 급기야 아내의 목 부위까지 차올랐다. "여보, 내 말이 안 들려?" 그때 아내가 병우 씨의 이름을 불렀다. 아내의 입에서 뽀그르르 물방울이 피어올랐다. "그래, 나 여기 있어." 병우 씨는 손을 내밀었다. 갑자기 발밑이 꺼졌다. 간신히 뭔가를 딛고 고개를 든 순간 폭죽 같은 섬광이 눈을 찔렀다. 헉, 병우 씨는 상체를 일으켰다. 낑낑거리는 소리가 들렸다. 소리 나는 쪽으로 몸을 틀었다. 뽀미가 혀를 내민 채 꼬리를 흔들었다. 또 꿈이야? 끈적한 것이 얼굴에서 묻어났다. 뽀미 이 녀석. 병우 씨는 티슈 한 장을 빼내 얼굴을 닦았다. 하필 이런 성가신 개를…… 버릇처럼 내뱉다가 프리를 떠올렸다. 아둔한 프리보다는 낫다고 말한 것까지. 뽀미가 고개를 들고 빤히 쳐다보았다. 병우 씨는 뽀미의 머리를 가볍게 문질렀다.

사고를 겪은 뒤부터 좀체 입을 열지 않는 병우 씨에게 어느 날 딸아이가 눈이 유난히 큰 개 한 마리를 안고 왔다. "치와와예요. 동작이 기민하고 충성심이 강하죠." 한꺼번에 새끼를 다섯 마리나 갖게 된 친구가 키우기 버겁다며 주더라고 했다. "용변도 잘 가려요." 딸아이가 화장실을 가리켰다. "문을 열어두면 알아서 할 거예요." 딸아이는 그 외에도 몇 가지 기본적인 훈련을 시켰으니 키우는 데 별 어려움이 없을 거라고, 마치 선심 쓰듯 말했다. "또 개를 키우라고?" 병우 씨가 탐탁찮은 기색을 보이자 딸아이는 개를 번쩍 들어 보이며 "애교도 많아요." 했다. 허공에서 버둥거리던 개가 찔끔, 오줌을 쌌다. 어머, 딸아이가 개를 내려놓으며 병우 씨의 옷을 살폈다. "털이 짧아서 목욕시키기도 수월할 거예요." 딸아이가 병우 씨의 옷자락을 닦으며 덧붙였다. "네가 키우지 그러니." 병우 씨는 그제야 딸아이의 얼굴을 쳐다보았다. "신입이라 회사 일만 해도 버거워요." 딸아이가 병우 씨의 시선을 피하며 말했다. "오늘은 제가 씻길게요." 딸아이는 개를 안고 욕실로 들어갔다. 온수가 나오길 기다리던 딸아이가 고개를 내밀고 말했다. "뽀미예요, 애 이름. 이름도 귀엽죠? 잊으시면 안 돼요. 뽀미!"

"죄송하지만 저희 소관이 아닙니다. 본사에서 내려온 지침이라 어쩔 수 없습니다. 차라리 점장님이나 본사 관리담당을 찾아가 보시는 게……."

사무실 문을 열고 들어서자 읍소하듯 조아리고 있던 김 총무가 눈으로 병우 씨를 맞았다.

"소관이 아니라뇨. 여기 이렇게 증거가 있는데 그러세요? 자 보세요."

여자가 쥐고 있던 문서를 테이블에 놓더니 조목조목 짚어가며 따졌다. 병우 씨가 다가가자 김 총무가 고개를 저었다. 여자 모르게 얼른 나가라고 신호를 보냈다.

"매장을 돌려달라는 게 아니라 액세서리 가게를 할 만한 자투리 공간이라도 어떻게 좀 해주십사 하는 거예요. 제발 좀 부탁할게요."

저자세로 돌변한 여자에게 김 총무가 곤혹스런 표정을 지으며 똑같은 말을 되풀이했다. 김 총무의 말을 중간에서 끊은 여자가 가방에서 종이봉지를 꺼냈다. 복도로 나온 병우 씨는 하릴없이 벽을 보고 서 있었다. 김 총무가 나가라는 신호를 할 때부터였다. 가슴이 우묵하게 파이는 느낌이 든 건. 몇 번 새된 소리가 들리는가 싶더니 문이 벌컥 열리고 여자가 뛰쳐나왔다. 아주 짧은 순간이었지만 병우 씨는 여자의 눈자위가 젖어 있는 걸 놓치지 않았다. 여자는 병우 씨를 지나쳐 종종걸음으로 복도를 벗어났다. 병우 씨는 여자의 뒷모습에서 눈을 떼지 못했다.

"심각하긴요. 아시잖아요. 늘 겪는 일인데요 뭐. 이번엔 제 선에서 끝낼 테니까 과장님은 신경 쓰지 마세요."

정상적인 결재 과정을 밟았느냐고 묻는 병우 씨에게 생각나지 않으세요? 하다가 아, 아니에요, 그러면서 김 총무는 다 끝난 일인데 여자가 자꾸 저러니, 하고 얼버무렸다. 아무래도 얼굴이 낯익어서 말이지. 병우 씨가 중얼거렸다. 못 들었는지 김 총무는 신입사원을 불러 이거 좀 치우지, 했다. 구겨진 서류 위에 피자 조각이 놓여 있었다. 여자가 새로 입점한 피자집에서 사온 것이라고 했다.

"얼마나 맛있는지 사 봤다고 하네요. 자기네 피자와 레시피가 다를 게 뭐 있냐고, 오히려 젊은 세대 입맛엔 자기네 피자가 더 낫지 않느냐고 하면서."

피자를 싼 봉지를 한쪽으로 치우고 난 신입사원이 해명했다. 원상회복할 수 없다는 걸 알면서도 저러는 마음은 대체 어떤 것일까. 미련이나 원망, 그도 아니면 울분? 여자의 표정이 떠올랐다. 그러니까, 병우 씨는 혀로 입술을 축였다. 이것은 업무 매뉴얼이나 마케팅 전략안에는 포함되지 않은 사항이다. 자신이 잘 알고 있다고 믿었던 것들이 실은 포장만 그럴싸한 상품과 다를 게 없다는 생각이 들었다. 명치 부위가 뻐근해졌다.

여자는 남편과 함께 여기 M마트에 피자집을 열었다. 높은 수수료를 감수한 건 대형마트의 인지도와 유동성을 믿었기 때문이다. 남편의 퇴직금으로 시작했는데 보증금과 시설비를 맞추기 위해 대출까지 받아야 했다. 서너 달 순항하던 가게는 경기침체가 지속되면서 삐걱거리기 시작했다. 매출이 부진한 업체를 마트가 달가워할 리 없었다. 엎친 데 덮친 격으로 대대적인 리뉴얼 공사를 예고한 마트 측에서 협찬을 요구했다. 말이 좋아 협찬이지 일정금액을 보태라는 소리였다. 미운털이 박히지 않기 위해 여자는 또다시 대출을 받았다. 그러나 매장을 새로 단장했음에도 불구하고 상황은 나아지지 않았다. 급기야 마트 측에서 상호 변경을 요구했다. 차별화된 맛이 없다는 점과 독자브랜드의 한계를 적시했다. 마트 측에서 제시한 건 유명 브랜드의 체인점이었다. 여력이 없던 여자의 입장에선 재계약 불가를 통보 받은 것이나 다름없었다. 일의 전말을 요약해서 들려준 김 총무가 여자의 말에 의하면 그렇다는 거죠, 라고 덧붙였다.

"서면 상단에 찍혀 있는 협조사항을 두 번이나 짚어줬는데도 반강제적 요구사항이었다고 우기네요. 안 됐긴 하지만 어쩌겠어요."

동조해줄 줄 알았던 병우 씨가 무덤덤한 표정으로 일관하자 김 총무는 멋쩍은 웃음을 지었다.

의자에 몸을 깊숙이 묻은 병우 씨는 손깍지를 낀 채 사무실을 둘러보았다. 복귀한 지 꽤 되었는데도 여전히 낯선 공간이다. 공간. 병우 씨는 그 말을 되뇌어 보았다. 최근에 읽은 수필의 한 대목이 생각났다. 공간은 자유와 구속이 양립할 수도, 둘 중 하나만 팽배할 수도 있다. 공간에 대한 감응은 결코 생래적일 수가 없다. 자신의 처지에 따라 공간은 심지어 폭과 깊이조차 달라질 수 있다. 병우 씨는 깊게 들이마신 숨을 천천히 내쉬었다. 조금 전에 본 그 여자에겐 이곳이 어떤 공간이었을까. 김 총무에게까지 생각이 미쳤다. 마음에 걸리는 대목이 두서없이 떠올랐다. 그에게 임기응변을 주문한 것도, 마트의 존립 근거가 영리에 있다는 걸 강조한 것도 병우 씨 자신이었다.

"입점업체는 마트의 나사에 불과해요. 나사는 소모품이죠. 문제가 있는 나사를 제대로 갈아주지 않으면 마트 전체가 삐걱거려요."

지난번 회식 때 최 주임이 한 말이었다. 경쟁 관계에 있는 마트의 매각추진설을 시작으로 최근의 경기와 매출 급감에 따른 인력 감축이 화제에 올랐다. 그러나 부서 성격상 결국엔 입점업체와 관련된 얘기로 기울 수밖에 없었다.

"이제 보니 최 주임 말솜씨가 보통이 아니야."

병우 씨의 말에 최 주임이 에이 과장님은, 하며 눈을 흘겼다.

"과장님이 송년회식 때 하신 말씀이잖아요. 세 번인가 네 번인가 반복하시고선."

병우 씨는 손으로 이마를 치는 시늉을 했다.

"이런, 내가 한 말이었군."

최 주임을 향해 손을 젓던 김 총무가 병우 씨와 눈이 마주치자 뒷머리를 긁적였다.

"근데 과장님, 일을 하다 보니 말예요. 우리 부서원 모두가 나사처럼 여겨지던걸요. 그러니까 과장님은 굵은 나사, 우리는 가는 나사."

구석에 앉아 있던 직원이었다. 꼬부라진 혀가 만드는 발음 때문에 좌중에 웃음이 터졌다. 병우 씨도 웃고 말았다. 드라이버를 어설프게 쥐어선 안 돼. 뒤질세라 직원 중 누군가가 과장님의 어록 운운하며 들춰낸 말도 기억났다. 분명 확신에 차서 내뱉은 말들이었을 텐데. 불투명해진 말들이 모래처럼 스르르 빠져나가면서 몸 전체가 공동空洞이 되는 느낌이었다. 근데 아내와 함께한 시간은 왜 흐리마리하거나 도막 나거나 베일 뒤로 사라져버린 걸까. 병우 씨는 까라지는 몸을 간신히 추슬렀다. 눈꺼풀이 무거웠다. 바닥이 푹 꺼진 곳에 한 여자가 서 있었다. 이번에도 아내였다. 아내는 엉거주춤 서서 이쪽을 바라보았다. 표정을 읽을 수가 없었다. 안 오고 뭐해. 그 말은 병우 씨 입속에서만 맴돌았다.

"과장님, 어디 불편하세요?"

밖에 나갔다 온 김 총무가 자리로 가다 말고 물었다.

"응? 아, 아냐."

병우 씨는 흠칫 놀라 눈을 떴다.

"차라도 한 잔 드릴까요?"

김 총무의 말에 황급히 고개를 저었다. 김 총무가 고개를 갸웃거리곤 자리로 돌아갔다.

창문을 두드리는 빗소리가 요란했다. 섬약한 데다 유난히 추위를 많이 탔던 아내는 병우 씨 기분이 좀 좋아 보인다 싶으면 이사 얘기를 꺼냈다.

"특수필름을 넣어 코팅한 복층유린데 단열은 물론이고 방음 효과도 아주 좋대요. 죽 둘러봤는데 죄다 그런 창문이에요."

아파트 예찬론이었다. 친구들 모임에 다녀온 날이면 으레 그런 유의 얘기를 늘어놓았다. 그때마다 병우 씨는 벌통 같은 곳에서 어떻게 살겠다고, 입버릇처럼 말하며 도리질했다. 아내의 말이 좀 길어진다 싶으면 마당 한쪽을 가리켰다.

"저 배롱나무는 또 어쩌고?"

결국은 배롱나무로 귀결되었다. 그것은 아버지가 생전에 어머니를 위해 심은 나무였다. 임종하기 얼마 전 어머니는 혼잣말처럼 중얼거렸다. 붉게 핀 백일홍 한번 봤으면. 막 소한을 지날 무렵이었다. 백일홍을 보려면 그 계절의 모퉁이를 돌아 한 구간을 더 지나야 했다. 병우 씨는 어머니의 손을 잡고 얼른 회복하셔서 백일홍을 보셔야죠, 라는 말밖에 할 수 없었다. 링거수액이 들어가는 팔은 창밖의 나뭇가지와 닮아 있었다. 어머니가 호스피스 병동에 머문 건 보름 정도였다. 어머니의 눈길은 그 기간 내내 창밖의 나무 언저리에 붙박여 있었다.

화장실에 다녀와 막 자리에 앉는데 벨소리가 울렸다. 병우 씨는 창에 찍힌 번호를 확인했다. 딸아이였다. 잠깐 망설이다가 버튼을 눌렀다.

"늦은 시간에 웬 전화냐?"

딸아이는 전화를 걸고는 말이 없었다. 길게 토하는 숨소리가 간헐적으로 들렸다. 딸아이의 옷에서 풍기던 담배 냄새가 떠올랐다.

"말을 해야지."

병우 씨는 술잔에 술을 따랐다. 문득 딸아이 역시 술잔을 앞에 놓고 있을지도 모른다는 생각이 스쳤다. 딸아이는 여전히 말이 없었다. 무엇이 가볍게 부딪는 소리가 들렸다. 유리잔이나 접시 같았다. 할 얘기 없으면 전화 끊는다. 병우 씨가 버튼을 누르려는 순간, 딸아이의 목소리가 튀어나왔다. 속사포 같았다.

"솔직히 말해 봐요. 아빠 내가 밉지? 아니, 가증스럽지? 나 땜에 엄마가 죽었다고 생각하는 거, 나 다 알아. 지금 꾹 참고 있는 거잖아?"

156

아내에겐 권위적이고 무뚝뚝한 남편이었을지 몰라도 딸아이에겐 친구 같은 아빠이자 든든한 방풍막이었다고 자부했다. 시쳇말로 '딸 바보 아빠'였다. 그런데 딸아이는 아빠를 정말 바보로 만들 작정인 모양이었다. 다른 건 몰라도 아내의 죽음이 딸아이 때문이 아니라는 건 확실하다. 그게 아니라고, 쓸데없는 생각이라고 몇 번이나 타일렀지만 딸아이는 도무지 받아들이려 하질 않았다. 빗발이 부딪는 창을 바라보던 병우 씨는 가만히 딸아이의 이름을 불러보았다. 찌무룩한 데가 있는 제 엄마와는 달리 그늘 한 점 없던 아이였다. 강아지처럼 달려와 팔을 벌리던 모습, 맛난 게 있으면 곧잘 아, 하며 응석을 부리던 모습이 주마등처럼 스쳐갔다. 딸아이가 근무하고 있는 지방 소도시의 을씨년스런 거리와 그와 비슷한 분위기를 자아내는 자취방 풍경이 갈마들었다. 착잡해졌다. 병우 씨는 술잔을 들어 단숨에 들이켰다. 그리고 종료 버튼을 눌렀다. 언제 왔는지 뽀미가 손등을 핥았다. 뿌리치려다 멈췄다. 프리와는 달라도 너무 다르다는 생각이 들었다. 어머니가 돌아가신 뒤 휑뎅그렁해진 마당이 눈에 거슬렸다. 늘 가는 슈퍼의 박 사장이 개를 키워 보라고 했다. 그 즉시 개집을 사서 마당 한구석에 놓았다. 프리는 재래시장에서 사온 잡종견이었다. 순하고 말 잘 듣는 종자라는 말에 선뜻 지갑을 열었다. 하지만 개장수가 한 가지 빠뜨린 게 있었는데 인위적으로 어떻게 할 수 없는 선천적 아둔함이었다. 개는 몇 달이 지나자 몰라보게 커졌다. 아내가 개를, 그것도 못생기고 덜떨어진 잡종견을 그렇게 귀애할 줄 몰랐다. 유유상종이라잖아요. 이유를 묻는 병우 씨에게 아내가 농담처럼 말했다. 아내는 개에게 목줄을 묶는 걸 싫어했다. 생김새에 어울리지 않게 이름도 '프리'라고 지었다. 그러다 사람이라도 물면 어쩌려고 그러느냐는 핀잔에 아내는 그런 주변머리라도 있으면 다행이게요, 하며 턱짓을 했다. 아닌 게 아니라 프리는 덩치만 컸지 토끼보다 겁이 많았다. 굴러다니는 플라스틱병을 보고도 꼬리를 내리고 슬금슬금 뒷걸음쳤다. 겁쟁이야 정말. 아내는 혀를 찼다. 전생에 왕녀를 시중드는 몸종이었을 거예요. 병우 씨가 팔짱을 풀고 돌아보았다. 아내는 프리에게서 시선을 떼지 않았다. 아니면 깜냥없는 두루뭉수리거나. 아내의 생급스런 말에 병우 씨는 당신도 그런 말 할 줄 알아, 하는 표정을 지었다. 이제 와 생각하면 아내 역시 어지간히 갑갑했던 게 분명했다. 병우 씨는 술잔을 들었다. 필시 아내는 병증과도 같은 무력감 내지는 소심함이 자신의 성정에서 연유한 거라고 믿었을 터였다.

병우 씨가 휴게소에 들어서는 것을 본 직원 하나가 재빨리 리모컨을 눌렀다. 화면은 저녁뉴스에서 레알 마드리드와 바르셀로나의 더비 경기로 바뀌었다. 눈에 익은 선수가 패널티킥을 준비하고 있었다. 자세히 보니 지난번에 발롱도르를 수상한 리오넬 메시였다.

"왜 갑자기 채널을 돌리고 그래요?"

앞자리에 앉아 있던 검품부의 장 대리가 짜증을 내며 돌아보았다.

리모컨을 든 직원이 뭐라고 하기 전에 장 대리는 벌써 사태를 파악했다.

"어, 과장님 오셨어요?"

병우 씨는 장 대리의 인사를 받는 둥 마는 둥 리모컨을 가져와 좀 전의 채널을 눌렀다. 막 시작된 뉴스엔 열 번도 더 봤을 장면이 자막과 함께 이어졌다.

"저, 과장님, 축구도 괜찮은데요."

병우 씨가 손을 들어 장 대리의 입을 막았다. 병우 씨는 앵커의 말에 귀 기울이며 천천히 커피를 마셨다. 선체 인양이 난항을 겪고 있다는 속보였다. 현장 중계에 이어 시민들의 반응과 전문가들의 대담이 이어졌다. 잠수사들의 안전과 막대한 비용, 찌그러진 격실, 거센 해류, 실종자 가족의 심정 같은 말들이 반복되었다. 후진국과 장비 부족이란 말도 간간이 튀어나왔다. 흡사 캐터필러가 돌아가는 것 같았다. 수색조의 진입 상황을 컴퓨터 그래픽으로 소개한 사회자는 곧이어 잠수사가 실제로 찍은 선체 내부의 한 장소를 보여주었다. 병우 씨는 아랫입술을 깨물었다. 출구에서 그리 멀지 않은 곳에 있었는데 아내는 왜 나오지 못한 걸까. 커피 잔이 가늘게 떨렸다. 머릿속에서 뭔가가 분주히 움직이다가 거품이 꺼지듯 사그라졌다.

"보시다시피 별 이상이 없습니다."

의사는 여기저기 짚어가며 OCT(빛간섭단층촬영)검사 결과를 설명했다. 백내장 증세가 있기는 하나 망막변성이나 망막박리는 아니라고 했다. "뭔가 어른거린다고 해서 꼭 비문증이라고 할 수는 없지요." 그러면서 의사는 최근에 머리를 다친 적이 있느냐고 물었다. 배를 빠져나오다 어디에 부딪쳤었나. 병우 씨는 미간을 모으고 생각했다. 생각나지 않았다. 몇몇 단편적인 풍경 외에는 모든 게 희미했다. "글쎄요." 병우 씨의 목소리에 힘이 없었다. 의사는 사진을 바라보며 고개를 갸웃거렸다.

"특정 시기에 관한 기억이 불분명한 데다 눈앞에서 뭔가가 어른거린다……."

중얼거리던 의사가 주량에 대해 물었다. 일주일에 두어 번, 한자리에서 소주 한 병 정도라고 하자 의사는 그럼 그건 아니고, 하며 차트에 뭔가를 쓱쓱 적어 나갔다.

"드물긴 한데…… 제한된 영역만 기억하는 경우가 있습니다. 대개는 자신에게 너무 큰 상처가 될 때 특정 기억을 스스로 삭제하는 것이죠. 해리성 기억상실일 수가 있겠는데, 일종의 방어기제라고 할까. 제 분야가 아니라서 단정지을 순 없지만 선생의 경우, 심리적 요인으로 보이는군요. 어느 날 갑자기 회복되는 경우도 있으니, 아무튼 너무 걱정하진 마시고."

고개를 든 의사는 교과서를 읽듯 담담하게 병세를 설명하더니 병우 씨에게 종이 한 장을 건넸다. 신경과란 글자가 눈에 들어왔다.

횡단보도 앞에 서 있던 병우 씨는 신호가 바뀌었는데도 움직이지 않았다. 한참을 서 있던 병우 씨는 진료의뢰서를 뒷주머니에 쑤셔 넣곤 집으로 향했다.

병우 씨는 붉은 꽃을 활짝 피운 나무에서 눈을 떼지 못했다. 붉은 색을 오래 보고 있으면 아내의 말처럼 왠지 마음이 홧홧해졌다. 자신의 마음은 회색이라던 아내는 그런 이유로 선연하면서도 짙은 백일홍이 좋다고 했다. 병우 씨는 나무껍질을 살살 긁어보았다. 어때요, 정말 잎이 움직이죠? 아내의 목소리가 들리는 듯했다. 긁으면 잎이 움직인다고 간지럼나무라는 이름도 얻었죠. 시모와 관계된 일이라면 한숨부터 쉬던 아내도 배롱나무는 예외였다. 아내 역시 배롱나무만 보면 기꺼운 표정을 지었다. 이 집 여자들은 죄다 배롱나무 귀신에 씌었나 봐. 병우 씨가 싱거운 소리를 해도 그저 웃기만 했다. 아내가 변한 건 어머니의 병구완을 하면서부터였다. 어머니의 병은 낡은 중고차와 같았다. 이걸 고치고 나면 저게 탈이 나고 저걸 고치고 나면 그 옆의 것이 탈이 나는 식이었다. 그런데도 어머니는 입원이니 요양병원이니 하는 얘기는 아예 꺼내지도 못하게 했다. 살림을 하는 틈틈이 그림 공부를 하겠다던 아내의 포부는 어머니의 병구완에 들이는 품이 많아지면서 흐지부지되고 말았다. 게다가 아내는 딸아이의 표현대로라면 가부장적인 남편의 눈치를 보느라 영일이 없었다. 그래서 생긴 우울증이었을까. 아내가 우울증 치료를 받고 있다는 것도 딸아이의 입을 통해 알았다.

"한 이불 덮고 사는 아내가 무슨 약을 먹는지 몰랐다는 게 말이 돼요?"

딸아이는 충격이라는 말까지 했다. 딸아이와 소원해진 것도 그때부터였을 것이다.

문을 열자마자 뽀미가 달려들었다. 병우 씨는 바짓가랑이를 물고 흔드는 뽀미를 그냥 내버려두었다. 커피 물을 올리고 있는데 핸드폰이 울렸다. 김 총무였다. 전원을 끄려고 하다가 전화를 받았다. 조퇴 사유를 알면서도 전화했다는 건 뭔가 있다는 것이다. 그런데 막상 연결이 되자 김 총무는 병원에 잘 갔다왔는지, 그것만 묻고는 머뭇거렸다.

"아 무슨 일인데 그래, 괜찮으니까 말해 봐."

병우 씨가 다그쳤다.

사무실에서 본 그 여자가 책임자를 만나야겠다며 다시 찾아왔다고 했다. 그 말을 전한 김 총무는 신경 쓰게 하고 싶지 않지만 알고는 계셔야 할 것 같아서, 라고 얼버무렸다. 병우 씨는 미간을 찌푸렸다. 여자 때문이 아니라 김 총무의 태도 때문이었다. 이런 식의 배려랄까 마음씀씀이가 짐이 된 지 오래였다.

여자의 남편은 재계약해지 통보를 받고 쓰러진 뒤 중환자실에 입원했다고 했다.

"평소에 혈압도 높고 심장도 안 좋았다나 봐요."

면피용 발언으로 들렸다. 병우 씨는 병원이 어디냐고 물었다. 혹 찾아갈 생각이라면 재고하는 게 좋겠다며 김 총무가 병우 씨의 눈치를 살폈다.

"긁어 부스럼이란 말도 있잖아요."

김 총무는 그러면서 한두 번 겪은 일도 아닌데…… 하고 말끝을 흐렸다.

"나 먼저 퇴근할게."

김 총무에게 말할 기회를 주지 않고 병우 씨는 서둘러 사무실을 나섰다.

김 총무가 말한 병원에 도착한 병우 씨는 곧장 중환자실이 있는 7층으로 향했다. 카운터에서 사촌 형이라고 둘러댄 뒤 환자의 용태에 대해 물었다. 그때 맞은편 병실 입구에서 한 보호자가 다급한 목소리로 간호사를 불렀다. 병실과 이름을 확인한 간호사가 걸음을 떼면서 말했다.

"급성뇌출혈인데 아직 의식이 회복되지 않았네요. 그런데 면회 시간이 지난 건 아시죠?"

중환자실이라 그런지 오가는 사람들의 얼굴이 대부분 굳어 있었다. 병우 씨는 병실 맞은편 벤치에 가 앉았다. 근 한 시간이 지나서야 여자가 나타났다. 여자는 수건을 들고 세면장으로 향했다. 따라가던 병우 씨는 문득 걸음을 멈추고 벤치로 돌아왔다.

쥐어짠 수건을 든 여자가 잠시 생각하는 표정을 짓더니 병우 씨가 있는 벤치의 반대편 끝자리에 가서 앉았다. 병우 씨는 고개를 숙이고 핸드폰을 만지작거렸다. 여자는 병우 씨를 의식하지 않는 눈치였다.

"응, 그래. 오늘밤은 내가 있을게. 회사 일이 바쁘다면서 자꾸 자리를 비워서 되겠니?"

여자는 자리에 앉자마자 누군가와 통화를 했다. 주로 듣는 편이었다. 고개를 주억거리는 여자를 보며 병우 씨는 알은체 하지 않은 게 다행이라고 생각했다. 가까이서 보니 머리가 희끗했다. 자신과 비슷한 연배로 보였다. 흰머리를 보이지 않으려 애쓰던 어머니가 떠올랐다. 원양어선을 타는 아버지의 귀가를 앞두고 어머니가 제일 먼저 한 일은 미용실에 들러 염색을 하는 것이었다. "당신은 전혀 변한 게 없군." 몇 달 만에 집에 돌아온 아버지는 싱긋 웃으며 그렇게 말했었다. 어머니는 순종적인 여자였다. 모든 촉수가 아버지를 향해 뻗어 있는 듯 아버지의 심기에 따라 어머니의 표정도 시시각각 변했다. "낯선 항구도시에서 하루하루 망가져 가던 나를 구원해준 이가 네 아버지란다. 그 사실을 내가 어떻게 잊을 수 있겠니." 어머니는 그러면서도 구체적인 상황을 캐물으면 함구했다. 명색 아들이라는 병우 씨도 어머니의 이력에 대해선 깜깜했다. 식당에서 일한 적이 있다는 말을 들은 게 전부였다.

쉰을 넘긴 아버지는 봄을 두 번 더 보낸 뒤 현역에서 은퇴했다. 은퇴 사유는 말기암이었다. 모진 풍랑을 이겨낸 뱃사람도 콩알만 한 암세포가 일으킨 파고엔 속수무책으로 침몰했다. 아버지가 세상을 떠난 뒤 어머니의 눈길은 자꾸만 배롱나무로 향했다. 결혼 일주년 기념으로 아버지가 직접 심었다는 나무였다. 아버지가 떠난 뒤 어머니의 건강은 급격히 나빠졌다. 온갖 몸에 좋다는 약도 소용이 없었다. 거동이 불편한 지경에 이르렀지만 어머니는 한사코 통원치료를 고집했다. 때로 앰뷸런스를 호출해야 하는 불편을 감수하면서까지 집을 떠나지 않는 이유는 단 한 가지였다. 그러니까 다른 어디에서도 저 배롱나무를 볼 수 없기 때문이었다. 배롱나무가 있는 한 어머니에게 아버지는 죽은 사람이 아니었다. 어머니는 아버지가 떠난 뒤에도 염색하는 것을 소홀히 하지 않았다. 배롱나무를 올려다보며 알아들을 수 없는 말로 웅얼거리는 어머니. 휠체어 손잡이를 잡고 어머니의 흑발을 볼 때마다 병우 씨는 구름처럼 떠돌던 아버지를 떠올렸다. 대조적인 색상이었다. 그 때문일지도 몰랐다. 병우 씨는 아내에게 염색을 하지 말라고 했다. 그런다고 지난 시절이 돌아오겠어? 거울 앞에서 흰머리를 살피던 아내는 거울 속의 그를 향해 비쭉 입을 내밀었다.

"그 이야기라면 그만 해. 너도 아버지가 어떻게 해서 모은 돈이라는 걸 알면서 그런 소릴 하는 거니?"

여자의 목소리가 떨리고 있었다. 병우 씨는 자리에서 일어났다. 엘리베이터를 타기 전 잠깐 뒤를 돌아보았다. 여자는 핸드폰을 귀에 댄 채 벽을 보고 서 있었다. 밖으로 나온 병우 씨는 허리를 펴고 심호흡을 했다.

"며칠 전에도 가셨잖아요. 두통 때문이었던가…… 그 때문에 또 가신 거예요?"

딸아이가 뽀미를 안고 병우 씨를 맞았다.

"아냐, 아는 사람이 입원했다고 해서. 근데 어떻게 왔니? 오늘 평일인데."

"회사 창립 40주년 기념일이에요. 월차 내서 하루 더 쉬기로 했어요."

설거지를 끝낸 딸아이는 앞치마를 두른 채 청소를 시작했다. 뽀미가 청소기 줄을 물고 훼방을 놓았다. 딸아이가 병우 씨를 불렀다. "뽀미, 뛰지 말고 앉아." 그러나 뽀미는 병우 씨의 말을 귓등으로도 듣지 않았다. 강중거리며 되레 장난을 걸어왔다. 딸아이는 기껏 훈련시켜 놓았더니 말짱 도루묵이 되었다고 불평했다. 전에는 손을 직각으로 세우고 그만, 하면 냉큼 제자리에 앉았다는 것이다.

"자유방임이 다 좋은 건 아니에요."

프리 이야기를 잇대던 딸아이는 아차, 싶었던지 입을 다물고 청소기 볼륨을 높였다.

프리는 공용쓰레기장 옆에서 발견되었다. 거품을 물고 쓰러져 있는 개를 본 아내는 의외로 꼿꼿한 눈초리로 일관했다.

"바보 같은!"

개가 미련한 짓을 할 때면 으레 꺼내던 말만 되뇌었다.

"그게 제 분복이니 어쩌겠어."

개를 묻고 난 병우 씨가 어줍은 표정으로 말했다. 아내는 말없이 눈을 끔벅거렸다. 감정을 애써 누르는 표정이었다. 개는 맹독성 살충제가 묻은 음식을 먹은 걸로 추정되었다. 아내가 대문을 열어놓은 게 화근이었다.

"짐승은 다를 줄 알았는데 마찬가지였어요. 자유랄까 목숨이랄까, 아무튼 한 생명의 모든 것을 저당 잡고 있는 기분, 당신은 그 기분 모르실 거예요."

어머니와 개를 묶어서 하는 얘기라는 거, 병우 씨는 곧바로 알아들었지만 모른 척했다.

"이번엔 좀 똘똘한 강아지를 구해줄까?"

아내는 머리를 흔들었다. 요즘 세상에 시모를 집에서 간병하는 며느리가 어디 있대요. 말은 그렇게 하면서도 매사를 허투루 하지 않던 아내였다. 개에게도 마찬가지였다. 혀를 차면서도 밥만큼은 꼭 데워서 먹였다. 어머니에 이어 프리마저 곁을 떠난 뒤 아내는 고갱이가 꺾인 배춧잎처럼 보였다. 간혹 병우 씨가 그림 얘기를 꺼내면 당분간 쉬고 싶어요. 그 말만 했다. 그럴 때 아내의 눈은 텅 빈 동굴을 연상케 했다.

딸아이를 보던 병우 씨가 슬그머니 고개를 돌렸다. 뽀미가 죽는다면 저 아이는 어떤 반응을 보일까. 그런 생각이 곰지락거렸다. 청소를 끝낸 딸아이가 뽀미를 앉히고 훈련을 시켰다.

"앉아, 서. 앉아, 서."

손짓을 하며 그 말을 반복했다. 딸아이의 동작이 왠지 눈에 거슬렸다. 병우 씨는 고개를 돌렸다. 딸아이는 답답했던지 뽀미의 엉덩이를 잡고 눌렀다.

"앉으라고 했잖아."

뽀미가 바둥거렸다.

"그만하지 그러니."

병우 씨의 입에서 볼멘소리가 나왔다. 동작을 멈추고 병우 씨를 바라보던 딸아이가 뽀미를 개집에 넣었다.

"그날 밤 일로 아직 화가 안 풀린 거구나. 죄송해요. 그날은 제가 좀 많이 마셨나 봐요."

"……."

티브이를 보던 병우 씨가 어깨를 흠칫하며 주위를 둘러보았다. 딸아이가 보이지 않았다. 달그락거리던 소리도 들리지 않았다. 서랍장 앞엔 개켜 넣다 만 옷들이 널려 있었다.

"얘, 현주야, 화장실에 있니?"

티브이를 끄고 딸아이를 찾았다. 큰방과 작은방에도 없었다. 옷을 개다 말고 어딜. 병우 씨는 슬리퍼를 신고 밖으로 나갔다.

비 온 뒤라 그런지 한기를 느낄 정도로 공기가 찼다. 대문 앞에 서서 주택가를 에우고 있는 구릉지로 시선을 돌렸다. 기세 좋게 타오르던 단풍도 어느덧 숙지근해지고 듬성듬성 빈 공간이 늘어갔다. 아래쪽을 더듬던 병우 씨의 눈에 딸아이의 모습이 잡혔다. 집에서 그리 멀지 않은 자드락길 초입이다. 딸아이는 몸을 둥글게 움츠리고 양지쪽에 앉아 있었다. 제 엄마와 종종 산책을 하던 곳이다. 병우 씨가 다가갈 때까지도 딸아이는 그 자세를 풀지 않았다.

"얘, 추운데 뭐하러."

병우 씨는 입을 다물었다.

"어, 언제 왔어요."

엉거주춤 일어선 딸아이가 잽싸게 눈가를 훔쳤다.

"전망이 좋구나."

병우 씨는 얼른 고개를 돌렸다. 골목이 보이고 지붕이 보이고 마당이 보였다. 저절로 나무에 눈길이 갔다. 고작 서너 번, 만개한 꽃을 함께 본 남편을 여읜 여자의 신산한 마음과 그 여자를 수발하다 그 여자를 여읜 또 한 여자의 허한 마음을 자양분으로 섭취한 나무였다.

　　–나트랑의 선셋 크루즈 인양작업 계속 지연

　사회면 한쪽을 장식한 제목이었다. 병우 씨는 자리에 앉아 방금 배달된 석간을 내려다보았다. 어쨌거나 인양은 할 모양이지. 그러나, 하고 병우 씨는 신문을 접었다. 그런다고 아내를 인양할 수 있을까. 병우 씨는 아내의 얼굴을 떠올렸다. 달싹이는 입술만 떠올랐다. 휴대폰을 꺼내 저장된 메시지를 보았다. 둥근 테가 좋을까요. 네모난 테가 좋을까요. 여행을 앞두고 큰맘 먹고 백화점에 간 아내가 병우 씨의 선글라스를 고르다 보낸 것이었다. 아내가 고른 네모난 선글라스도 아내와 함께 바닷속 어딘가에 잠겨 있을 터였다. 선글라스도 언젠가는 썩으려나. 아내도 선글라스도 눈앞에서 흐물거렸다.

"과장님, 식사하러 안 가세요?"

신발을 갈아 신고 난 최 주임이 문손잡이를 잡고 물었다. 병우 씨는 먼저 가라고 손짓한 다음 다시 신문을 집어 들었다. 사건의 경과를 정리해 놓은 특집기사였다. 갑판 아래의 선실과 구조물을 그래픽으로 재현해 놓았다. 병우 씨의 눈길이 선실로 이어지는 통로에 머물렀다. 병우 씨의 눈썹이 꿈틀거렸다.

"두 분이서 오붓하게 여행 한 번 다녀오세요. 마침 결혼기념일도 다 되었잖아요."

그렇게 말하면서 딸아이가 건넨 건 인천발 항공권이었다. 딸아이가 처음 받은 상여금으로 마련한 것이었다.

"여행사 가이드가 다 알아서 해줄 거예요. 삼일 간 그냥 따라다니며 맛있는 거 드시고 좋은 경치 보시고 편히 주무시고 그러다 오시면 돼요."

딸아이가 천진하게 웃으며 말했다. 근데 왜 하필 베트남이고 나트랑이니. 물으려다 관뒀다. 짚이는 게 있었다. 뱃사람이 되기 전, 그러니까 젊은 시절 아버지가 근무한 H건설의 나트랑 지사가 있던 곳이었다. 병우 씨의 눈길이 벽에 걸린 액자로 향했다. 빛바랜 흑백사진 한 장. 안전모를 삐뚜름히 쓴 아버지는 한쪽 손을 번쩍 든 자세로 불도저의 캐터필러에 올라서 있었다. 어머니는 아버지의 방랑벽이 동남아시아 공사장을 전전하던 그 시절의 습벽에서부터 시작되었을 거라고 말했었다. 그건 또 무슨 심사였을까, 병우 씨는 무슨 돈이 있다고 이런 걸, 하며 괜스레 어깃장을 놓았다.

"저 사진이 아직도 있었네."

병우 씨의 말을 귓등으로 흘린 딸아이가 벽에 걸린 가족사진을 손으로 가리켰다. 병우 씨가 본 사진에서 한 뼘 떨어진 곳에 걸려 있는 사진이었다. 의자에 앉은 어머니를 병우 씨 부부와 딸아이가 다붓하게 둘러싸고 있었다.

"엄마가 신장이 망가질 정도로 고생한 걸 할머니는 아시려나."

병우 씨가 들으라고 하는 소리였다.

공항에 가기 전에 연안부두를 좀 거닐다 가자는 병우 씨의 제안에 아내는 좋은 생각이라고 했다. 병우 씨의 속내를 안다는 표정이었다.

그들 부부는 비행기 출발 시간보다 서너 시간 앞서 연안부두에 도착했다. 그곳은 병우 씨의 어머니가 젊은 시절을 보낸 곳이었다. 차한 잔을 마신 뒤 병우 씨는 아내와 함께 그 일대를 천천히 걸었다.

별다른 감흥은 없었다. 아내 역시 덤덤한 표정으로 걸음을 옮겼다. 생전에 어머니가 뭉뚱그려 이야기한 탓도 있지만 워낙 시간이 많이 흐른 터라 어머니에게서 들은 식당가와 골목길, 그리고 특정한 건물 따윈 도저히 찾을 수 없었다. 그때 불현듯 그 생각이 떠올랐다. 어머니는 식당이라고 말했지만 주점이었을지도 모른다는.

"세상에서 제일 힘든 게 뭔지 아니?" 언젠가 어머니가 그렇게 물은 적이 있었다. "배고픈 거 아니에요? 돈 없는 거? 사랑하는 사람을 잃는 거? 그것도 아니면 왕따 당하는 거요?" 말없이 고개를 젓던 어머니가 내놓은 말은 싱거울 정도로 간단했다. 어머니가 그랬다. "그건 말이지, 억지로 웃는 거란다." 화물선 한 척이 막 출항하고 있었다. 뱃사람과의 연분은 아무래도 그쪽이 더 어울릴 테지. 병우 씨는 화물선을 바라보며 입속말로 중얼거렸다.

넘실거리는 파도와 저 멀리 이국적인 풍광을 연출하는 섬들과 기암괴석으로 이루어진 혼종곶, 그리고 그 너머의 꼬띠엔 산을 보자 비로소 여행길에 올랐다는 게 실감 났다. 아내의 얼굴에도 모처럼 웃음이 감돌았다. 연이어 따라붙는 갈매기들이 신기한지 아내는 갈매기들에게 던져줄 과자를 사자는 말까지 했다. 소녀처럼 들뜬 그 모습에 짠해진 병우 씨는 슬며시 아내의 손을 잡았다. 손을 빼려고 할수록 더 세게 잡았다. 못 이기는 척 아내가 손을 맡겼다.

바다는 낙조에 물들고 있었다. 그림엽서에 나올 법한 아름다운 풍경이었지만 갑판에는 그들 부부와 두어 명의 관광객뿐이었다. 바람이 거세어지고 있었다. 가이드는 일기예보에 없던 날씨라며 절레절레 고개를 젓고는 일찌감치 아래로 내려갔었다. 가는 날이 장날이라더니. 병우 씨는 혀를 찼다. 그만 내려가자고 병우 씨가 채근했지만 웬일인지 아내는 전망대에서 내려갈 생각을 하지 않았다. "엄마 잘 챙기셔야 해요." 딸아이의 목소리가 귀청을 쑤석거렸다. "막혔던 가슴이 시원하게 뚫리는 기분이에요." 감감한 수평선을 바라보며 아내가 말했다. 새로 파마한 머리가 거불거불 일어나고 있었다. 어머니 간병하느라 그림을 포기한 건 참 안 된 일이라고 병우 씨가 말했다. 진심에서 우러나온 말이었다. 또 그 얘기냐며 아내가 빙긋 웃었다. 그러곤 가만히 고개를 저었다.

"그게 내 성격인 걸 어떡해요. 사실 이건 친정 엄마한테서 물려받은 거예요. 내 기억에 엄만 평생을 남에게 싫은 소리 한 번 못하고 사신 분이에요. 아버지가 바람피웠을 때조차도 그 바람이 숙질 때까지 일언반구를 하지 않았다면 말 다했죠. 아마 모르긴 몰라도 내가 어머니를 외면하고 욕심을 부렸다면 얼마 못 가 병이 났을 거예요. 그러니까 내 말은, 내 성격상 이러나저러나 속앓이는 예정돼 있었다는 거예요."

아내는 그러면서 이번 여행을 다녀온 뒤 그림을 시작해 볼 생각이라고 했다.

"이렇게 쌓이도록 치우질 않고…… 이물질은 반드시 떼야 한다고 했잖아요. 뭔지 잘 떨어지지도 않네. 이러면 파쇄기가 막힌다니까요."

파지를 치우러 온 청소직원이 투덜거렸다.

"저기, 잠깐만요 그건 버리는 게 아니에요."

병우 씨는 청소직원이 들고 있는 종이를 달라고 해서 펼쳐보았다. 여자가 피자를 놓았던 자리에 있던 문서였다. 계약해지란 제목이 눈에 띄었다. 제목 옆에 네모 칸 세 개가 있었다. 결재란이다. 김 총무와 병우 씨, 그리고 부점장의 이름 아래 각각 붉은 인장이 찍혀 있었다. 그러니까 피자집 건件은 병우 씨도 진즉에 인지했던 일임을 증명하는 문서였다. 카트에 파지를 가득 실은 직원이 종이를 들여다보고 있는 병우 씨를 일별하고 밖으로 나갔다.

"제가 그랬잖아요. 긁어 부스럼이라고."

김 총무가 시선을 거두지 않고 말했다. 여자가 정문 앞에서 피켓을 들고 일인 시위를 벌이고 있다는 보고를 받은 게 오전 10시경이었다. 점심 무렵 잠깐 자리를 비운 것 빼곤 망부석처럼 붙박여 있다고 했다. 병우 씨가 다이어리와 서류를 주섬주섬 챙겨들고 일어섰다.

"저러다 제풀에 물러서겠죠."

김 총무가 만류했다.

"그러다 언론에서 취재라도 나오면, 김 총무가 책임질 거야?"

병우 씨의 말에 김 총무가 뜨끔한 표정을 지었다. 그리고 마지못
해 따라 나섰다.

－갑의 횡포! 입점업체 다 죽는다

여자가 든 피켓에 쓰인 문구였다. 마트 측에서 고용한 경비가 병
우 씨보다 한 발 앞서 다가갔다. 그새 사람을 불렀군. 걸음을 멈추고
김 총무를 돌아보았다.
"일단 지켜보죠."
김 총무가 슬며시 병우 씨의 소매를 당겼다.
경비가 무슨 말을 했는지 여자가 피켓을 든 채 세차게 고개를 흔
들었다. 경비가 피켓을 빼앗으려고 하자 여자가 피켓을 등 뒤로 돌
린 채 한 걸음 물러섰다.
"정문 말고 저쪽 야외 주차장 밖에서 하란 말이에요."
경비가 손짓을 하며 언성을 높였다. 손끝을 아래로 흔들면 오라는
신호, 위쪽으로 흔들면 가라는 신호다. 경비는 위쪽으로 흔들고 있
었다. 투박하게 위쪽으로, 한사코 위쪽으로만. 경비의 기세에 눌린
여자가 주춤주춤 뒷걸음질 쳤다. 병우 씨의 눈썹이 치켜 올라갔다.
막혀 있던 기억의 물꼬에 균열이 생기고 있었다.

대체 이게 무슨 일인가. 병우 씨는 간신히 균형을 잡고 주위를 살

폈다. 방송이 나오고 있었지만 알아들을 수 없었다. 우왕좌왕하는 사람들 틈에 끼여 병우 씨는 이 사태를 해명해줄 가이드를 찾았다. 보이지 않았다. 속절없이 시간이 흘렀다. 승객들은 대부분 객실에 들어간 듯 통로엔 그와 몇몇 승무원만 남았다. 배가 더 기울어졌는지 바로 서 있기가 힘들었다. 그때 어디선가 나타난 가이드가 돌발적으로 발생한 태풍이라고 했다. 객실에서 대기하라네요. 그 말만 하고 가이드는 조타실이 있는 갑판으로 올라갔다. 문득 생각 난 듯 병우 씨는 객실 쪽으로 고개를 돌렸다. "무섭단 말야, 얼른 와요." 위태롭게 버티고 선 아내가 이쪽을 향해 손짓하고 있었다. 아내의 손은 갈퀴로 긁듯 아래로만 향했다. "무슨 일인지 알아보고 갈 테니 들어가 있어." 병우 씨도 손짓했다. 위쪽으로, 거푸 위쪽으로 흔들었다. "방송 들었지? 객실에서 가만히 대기하고 있으래." 병우 씨는 또다시 세차게 위쪽으로 손을 흔들었다. "무슨 일인지 알아보고 곧바로 갈게." 병우 씨의 입이 붕어처럼 뻐끔거렸다. "알았으니 얼른 와요." 아내도 입을 뻐끔거렸다. 병우 씨가 갑판으로 향하는 계단 중간쯤 올랐을 때였다. 굉음과 함께 물이 쏟아져 들어왔다. 병우 씨는 난간을 붙잡았다. 거센 물살에 휘청 허리가 꺾였다. 생각보다 몸이 먼저였다. 병우 씨는 거대한 물의 포획망 속으로 몸을 던졌다. 그러곤 죽을힘을 다해 손발을 휘저었다.

의식을 잃은 지 반나절 만에 깨어난 병우 씨의 머리는 하얗게 비어 있었다. 병우 씨는 한참만에야 어떤 질문 하나에 사로잡혔다. 아내는 왜 나오지 않았을까. 납덩이처럼 무거운 기억의 상자에 자물쇠가 채워지는 순간이었다.

경비원이 손짓을 하고 있었다. 위쪽으로 거세게, 더 거세게. 병우 씨는 입술을 깨물었다. 자물쇠가 열리는 소리가 들렸다.

"이봐, 됐으니까 그만해."

병우 씨가 경비의 손목을 잡았다. 경비가 아연한 표정을 지었다.

"과장님, 왜 이러세요."

뒤따라온 김 총무가 황급히 병우 씨의 팔을 잡았다. 뜻밖의 상황에 여자도 놀란 듯 피켓을 내리고 지켜보았다.

"싫다는 사람을 왜 자꾸 가라고 해?"

병우 씨의 말에 김 총무가 입을 벌렸다. 병우 씨와 여자의 눈이 마주쳤다. 병우 씨의 손아귀에 힘이 들어갔다.

새소리가 들려온다. 등꽃이 만발한 저쪽 숲속이다. 병우 씨는 자리에서 일어나 왔던 길로 되돌아간다. 사실 병우 씨는 등나무를 그리 좋아하는 편이 아니다. 그것도 관점의 차이일 것이다. 다른 나무를 친친 감고 올라가는 등나무가 이기적이라는 병우 씨와는 달리 딸아이는 강한 생명력을 지닌 데다 이쁘기까지 하다고 했다. 네 엄마는 등나무에 감긴 채 시들어간 왜소한 나무였지. 병우 씨는 그 말을 입 밖으로 꺼내진 않았다.

병우 씨는 돌계단에 서서 추녀를 올려다본다. 풍경에 달린 물고기는 바람이 불 때마다 청량한 소리를 내며 허공을 유영한다. 딸아이가 들려주었던 전설이 생각난다. 금빛으로 빛나는 물고기가 오색구름을 타고 내려와 놀았다는 금샘. 그 금샘이 있는 금정산 기슭에 있다고 절 이름에 물고기어 자가 들어갔다고 했다. 일전에 어떤 스님이 풍경의 본질은 소리에 있다고 했다. 소리를 듣고 도를 깨친다는 문성오도聞聲悟道란 말도 일러 주었다. 병우 씨는 자신의 귀로는 단순히 빗소리 바람소리 따위만 분별할 수 있음을 잘 알고 있다. 그리고 지금 병우 씨는 도를 깨치고 싶은 게 아니다. 병우 씨가 진정으로 바라는 건 단 한 번만이라도 아내의 목소리를 들어보는 것이다. 그러나 아내는 그의 청각이 미치지 않는 곳으로 떠난 지 오래다.

아내는 아마 물고기로 환생했을 것이다. 병우 씨는 그렇게 믿고 싶다. 다시 바람이 불고 풍경 소리가 울린다. 병우 씨는 그게 아내의 콧노래라고 믿고 싶다. 그게 아니라면 뭐란 말인가. 병우 씨는 꼬리지느러미를 까딱거리는 물고기를 본다. 어쩌면 얼른 오라는 손짓일지도……

다큐멘터리를 위한 양식

—통사적 패턴을 기조로

다큐멘터리를 위한 양식

–통사적 패턴을 기조로

프롤로그

드라마적 요소를 가미한 본 다큐멘터리는 반역을 획책한 김경섭 전 경무부장과 그가 상신한 것을 재가하고 나아가 실행 과정에서 주요한 역할을 수행한 임추익 전 경무국장을 단죄하는 한편 그들의 추종자 및 잠재적 회색분파조장분자들에게 경각심을 주기 위해 기획한 것이다. 정보국에 보관되어 있는 관련 영상을 1차 자료로 삼고 각 장면에 대한 심층 해설은 전사총연맹보도국의 김일환 기자가 담당하였다. 주목할 점은 총괄 해설을 맡은 기자와 별도로 사건의 추이를 전하는 내레이터에 금번 사건의 주범인 임추익이 발탁되었다는 것이다. 이는 임추익의 선대인인 임인국 대원수의 혁명동지이자 현 정권의 최고전사인 염동현 장군이 임추익에게 베푸는 마지막 은전이다. 장군의 넓은 도량에 감격한 임추익은 조건이나 형식에 구애

됨이 없이 적극 협조하겠다고 했다. 장군의 밀착경호를 책임지는 내무위의 한 요원은 이에 대해 그의 범죄가 워낙 엄중하여 깊은 각성과 회심에도 불구하고 중형을 피할 수 없을 것이라고 했다.

내무요원이 추익이 수감되어 있는 방을 찾아왔다.

"시키는 대로 하면 목숨을 건질 수도 있다."

날카로운 눈매의 그 요원은 단도직입적으로 말했다.

"이번 사건은 다큐멘터리로 제작될 것이다. 당신은 사건의 추이와 관련된 내레이션을 맡게 될 것이다."

팔목에 채워진 수갑을 내려다보던 추익이 비로소 고개를 들었다.

"장군님의 특별 지시사항이다."

요원이 추익의 눈을 쏘아보며 내뱉었다. 자신을 죽이려 한 사람을 내레이터로 지목하다니. 추익은 이해가 되지 않았다.

"그게 정말인가?"

묻기 무섭게 요원이 뺨을 후려쳤다.

"아직 경무국장인 줄 아나? 당신은 이제 반역도당의 수괴다. 정말입니까, 그렇게 공손히 묻도록."

입안에 피가 고였다. 추익은 우물거리다가 그냥 삼켰다.

"당신이 자백하는 모습을 공개하면 체제유지에 도움이 된다고 본 거겠지. 나는 동의하지 않지만, 아무튼…….”

요원이 중얼거리다가 냉소를 지었다.

"이것이 방영되면 당신은 공분을 사게 되고 공적公敵 1호가 될 것이다. 사실 난 당신이 대원수님의 친아들이 맞는지 의심스럽다."

촬영은 일정한 순서가 없이 그때그때 준비된 자료에 맞춰 진행되었다.

"보기에 뒤죽박죽인 것 같아도 편집을 하고 나면 물 흐르듯 자연스러워집니다."

제작 책임자의 말에 요원은 헛기침을 했다.

1. 반역

총전사대표자회의를 마치자마자 집무실로 향하는 장군을 쫓아갔습니다. 바쁜 와중에도 장군은 저를 위해 출발시간을 늦추도록 지시했습니다. 무슨 말끝에 장군은 주먹을 불끈 쥐며 추국貙國의 적통 전사답게 불요불굴의 기백을 가지라고 당부했습니다. 폐쇄회로 화면에는 나타나 있지 않지만 현장에 있던 저는 분명히 보았습니다. 장군의 두 눈은 저에 대한 신뢰와 불꽃같은 협기로 가득 차 있었습니다. 잠시 흔들렸지만 저는 마음을 다잡고 준비한 봉투를 내밀었습니다. 긴급 사안이라 지금 읽으셔야 한다고 말했습니다. 지금 여기서? 장군은 싱긋 웃으며 봉투를 열었습니다. 아니, 그 전에 장군은 가벼운 농담을 던졌습니다. 장군은 그런 분이었습니다. 언제나 아랫사람을 편하게 해주려고 애썼습니다. 그래도 표정이 굳어 있는 저에게 장군은, 여유가 있어야 좋은 전략도 나오고 좋은 결과도 얻는 법이라며 제 어깨를 가볍게 두드렸습니다. 그리곤 마침내 봉투 속에 든 서류를 꺼냈습니다. 그 뒷일은 여러분이 본 그대로입니다. 거기엔 군율과 관련된 항목이 적혀 있었습니다. 서류철에서 무작위로 빼온 것이었습니다. 긴급 사안과는 하등 관계가 없는 그것을 훑어본 장군은 미소를 지으며 이게 뭐냐고 물었습니다. 전혀 예상치 못한 반응이었습니다. 보아하니 이건 작년 이맘때 하달된 지침인데…… 왜, 뭐 문제가 있나. 주머니에 손을 넣으며 여유 있게 묻는 그 모습에서 대인의 풍모를 느꼈습니다. 후들거리는 다리를 간신히 움직였습니다. 그렇습니다. 서류를 펼치는 것이 1차, 한 발짝 물러서는 것이 2차 신호였습니다. 곧바로 총성이 울렸습니다. 총탄은 장군의 가슴에 적중했습니다. 튀어오른 피가 제 이마를 적셨습니다. 장군이 베푼 은혜를 피로 지워버린 순간이었습니다. ─하략

"그만!"

요원이 오른손 검지를 세우고 흔들었다. 추익은 마이크에서 떨어졌다. 카메라의 불빛이 깜박거리다 꺼졌다. 요원은 뒷짐을 진 채 물끄러미 추익을 바라보았다. 추익은 정지된 화면에서 시선을 떼지 못했다. 장군이 쓰러지는 장면이었다. 이상했다. 추익이 기억하는 위치가 아니었다. 장군의 맞은편에 서 있던 추익이 한 발짝 정도 옆으로 비켜나 있었다. 위치가 바뀜으로써 장군의 몸짓과 출혈 부위가 선명하게 잡혔다. 이상한 점은 또 있었다. 총성이 울림과 동시에 장

군이 쓰러졌다. 총성이라니. 눈을 감고 미간을 모으던 추익이 번쩍 눈을 떴다. 어떤 생각 하나가 불티처럼 일어났다. 고개를 흔들었다.

"뭐야 이거. 너무 장황하잖아. 게다가 계집아이가 쓴 줄 알겠어. 포고문 안 써 봤어? 그처럼 사실 위주로 쓰란 말이야. 말랑한 감상 따윈 잘못을 인정하고 참회하는 부분에만 적용하도록."

요원의 불퉁한 목소리가 스피커를 통해 전해졌다. 자신에게 한 말이 아닌 줄 알면서도 추익은 움찔했다. 추익은 곁눈으로 아크릴 칸막이 너머를 살폈다. 감정이 배제된 딱딱한 얼굴 하나가 허공에 떠있었다. 방송 원고를 담당한 기자가 그 앞에서 뭔가를 받아 적고 있었다. 대체, 추익은 손으로 이마를 문질렀다. 대체 이게 다 무슨 개수작이란 말인가. 탄식 끝에 뼈아픈 자각이 섬광처럼 지나갔다. 장군이 지하벙커를 찾아왔던 날. 그 기회를 놓치지 말았어야 했다는.

"이봐 24번 분조, 다시 읽으라는 말 안 들리나?"

요원의 말이 귓등을 때리고 지나갔다. 추익의 눈빛이 흔들렸다. 분조. 회색분파조장분자를 줄인 말이다. 쥐새끼 같은 분조 놈들. 경무부장이 툭하면 던지는 말이다. 호국의 드라마를 몰래 보다 체포된 이십대 전사 둘을 처형하던 날도 마찬가지였다. 총살까지 할 필요가 있느냐는 추익의 말에 경무부장은 사진 몇 장을 건넸다. 군모를 주머니에 구겨 넣고 담배를 입에 문 군인들이 여자들과 어울려 희희낙락하는 모습이었다. 우리 전사들이 아닌데? 추익이 고개를 갸웃했다. 아실 겁니다, 동남아의 B국. 추익이 고개를 들었다. 명색이 군인이란 놈들이 자율인지 자유인지를 들먹이며 환락을 좇다 어떻게 되었습니까. 그러면서 경무부장은 손으로 목을 긋는 시늉을 했다. 추익은 뜨끔했다. 무슨 뜻인지 알겠소. 그날, 경무부장은 총살 현장을 끝까지 지켰다. 경무부장은 훗날 자신의 딸 방에서 호국의 드라마와 음악프로가 저장된 메모리카드가 쏟아져 나올 줄 짐작이나 했을까. 입안에 고인 핏물을 삼킨 뒤 추익은 기자가 새로 전달한 원고를 읽어 내려갔다. 좀 전에 읽은 원고와 달리 이번 것은 딱딱한 문어체로 일관한 데다 불필요한 수식어는 대폭 삭제되었다. 저격수가 쏜 총에 맞은 장군은 곧바로 병원으로 이송되었습니다. 말미의 서너 문장은 그렇게 축약돼 있었다.

1-1 복수

"장군님!"

추익의 목소리가 떨려 나왔다. 회의가 끝난 뒤 수뇌부 전용 엘리베이터로 향하던 장군이 걸음을 멈추고 돌아봤다.

"어, 경무국장 아닌가?"

마치 기다렸다는 듯이 장군이 먼저 인사를 건넸다. 추익은 가볍게 경례한 뒤 다가갔다. 내무요원이 나서자 장군이 제지했다. 추익은 상기된 얼굴로 말했다.

"긴히 드릴 말씀이 있습니다."

장군의 입가에 설핏 미소가 스쳤다.

"지금 여기서?"

추익이 네, 하는 대답과 함께 고개를 숙이자 장군은 요원에게 자리를 비키라는 신호를 보냈다.

"그래, 무슨 일인가?"

걸걸한 음성이었다. 추익은 안주머니에서 봉투를 꺼냈다.

"여기까지 찾아온 걸 보니 아주 급한 일인가 보군."

장군의 입가에 다시 미소가 어렸다. 어딘가 부자연스러운 태도가 눈에 거슬렸지만 추익은 내색하지 않고 봉투를 건넸다.

이번 기회를 놓치면 끝입니다. 지난번의 실패를 기억하십시오. 아시겠습니까? 장군이 무슨 말을 하더라도 절대 고개를 돌리지 마십시오. 그리고 장군이 종이를 펴는 것을 확인한 즉시 뒤로 물러나십시오. 명심해야 합니다. 노회한 자입니다. 권총에 장전된 실탄은 두 발, 그 정도면 충분할 것입니다. 쓰러지면 곧바로 쏘아야 합니다. 심장 부위를 향해 한 발, 머리에 한 발. 반드시 확인사살을 해야 합니다. 거듭 말하지만 망설여서는 안 됩니다. 그 자의 죽음 외에는 그 무엇도 확인하려 들지 마십시오. 뒤처리는 제가 알아서 할 것입니다. 내무요원도 걱정할 필요 없습니다. 저격수가 제거할 것입니다. 만에 하나…… 김경섭 경무부장은 뭔가를 말하려다 아, 아닙니다. 하고 삼켰다. 그러곤 제가 말한 대로 할 수 있겠습니까? 하고 다시 물었다. 추익의 눈빛이 흔들렸다. 아, 알았소. 그렇게 하겠소. 경무부장이 군모의 챙을 만지작거리며 웃었다. 각오를 단단히 하시기 바랍니다. 돌아가신 대원수님의 원수를 갚아야 하지 않겠습니까? 짧은 순간 경무부장과 눈이 마주쳤다. 키는 작지만 바위처럼 단단한 몸을 가진 사내였다. 눈빛 또한 창처럼 날카로웠다. 강골부장이라는 말이 괜히 나온 게 아니라는 생각이 들었다. 문득 사진 한 장이 떠올랐다. 경무부장이 아버지에게 훈장을 받는 모습이었다. 여하간 아버지의 신임을 받은 인물이라는 생각이 든 때문일까. 가슴이 뻐근해지는 기분이었다. 추익은 주먹을 불끈 쥐고 고개를 끄덕였다. 이제 안심이 되는군요. 경무부장이 씨익 웃어 보였다.

"정말 속일 수 없구먼."

봉투를 든 채 장군이 말했다. 추익은 아연 긴장한 눈빛으로 장군의 기색을 살폈다. 그 속이 동굴처럼 컴컴한 자. 경무부장이 한 말이었다. 마른침을 삼켰다. 촉수를 건드려선 안 돼.

"자네 아버지, 그러니까 돌아가신 대원수님 말이다. 그분도 무슨 일이 생기면 그 당장 아퀴를 지어야 했지. 성격이 아주 급한 분이셨다. 오늘 내 앞에 서류를 가져와 다그치는 자네를 보니 영락없이 젊은 시절의 대원수님이야."

장군이 추익의 어깨를 두드렸다.

"아, 네."

추익은 고개를 숙였다. 집중해야 해. 추익은 속으로 웅얼거렸다.

이윽고 장군이 어깨를 으쓱해 보이곤 봉투를 열었다.

"이건 기밀서류가 아니라 사적인 감정을 토로한 글이군."

봉투 속에서 꺼낸 용지를 훑어보던 장군이 고개를 들고 추익의 눈을 응시했다. "나는 아버지의 전철을 밟지 않겠다? 뭔가 단단히 오해를 하고 있군. 아무래도 누군가의 농간에 넘어간 것 같은데?"

고개를 든 장군이 나머지 한 손을 주머니에 넣으며 말했다. 됐어. 추익은 어금니를 깨물었다.

"경무국장! 생각보다 심각한 문제인 듯한데…… 집무실로 가서 얘기하는 게 어떨까?"

"아닙니다. 거기 썼듯이 저는 누구처럼 개죽음 당하고 싶지 않습니다."

추익이 한 걸음 뒤로 물러섰다. 장군의 표정이 묘했다. 마치 패를 읽은 도박사처럼 비릿한 웃음을 띠고 있었다. 뭐야 저 표정. 추익이 입을 앙다문 순간 고무패킹이 빠지는 듯한 소리와 함께 장군의 가슴에서 피가 솟구쳤다. 처음엔 두 무릎을, 다음엔 두 손을 바닥에 짚으며 서서히 무너졌다. 붉은 피가 바닥에 번지고 있었다. 달려오던 내무요원들이 차례로 쓰러졌다. 추익은 바닥에 떨어진 봉투와 종이를 주워 잽싸게 상의 안주머니에 넣었다. 그러곤 손등으로 얼굴에 묻은 피를 훔친 다음 곧바로 바짓가랑이를 들췄다. 아무것도 만져지지 않았다. 이런. 추익은 고개를 쳐들었다. 회의장에 입장하기 직전 권총을 치운 사실이 생각났다. 최고위전사위원들도 예외없이 금속탐지기를 거쳐야 한다는 지침이 내려왔던 것이다. 아무려나, 추익은 피가 낭자한 바닥을 보았다. 제대로 숨통을 끊은 거야. 지금쯤 내무요원들을 제압한 경무요원들이 달려오고 있을 터였다. 경무부장의 득의연한 표정이 떠올랐다. 누군가 뒤에서 불렀다. 왔나 보군. 뒤를 돌아보던 추익은 강한 충격에 정신을 잃었다.

2. 전사의 조건

장군은 틈만 나면 추국의 위대함과 추국을 지탱하고 있는 인민전사들의 영민함에 대해 설파하였습니다. 추국의 추가 이리 추貙임을 적시하면서 이리 무리의 조직력과 위계질서를 예찬하였습니다. 우리와 대치하고 있는 호국虎國을 꺾기 위해서는 이리의 습성을 체화하고 그에 따른 전투력을 극대화해야 한다고 하였습니다. 그런 가르침을 무시하고 저는 적들의 퇴폐문화를 탐했으며 직분을 망각한 채 향락적 생활을 추구하였습니다. 장군은 강한 상대를 이기기 위해 이리들은 일사불란하게 움직인다고 하였습니다. 그리고 그렇게 하기 위해서는 무리를 이끄는 리더의 역할이 특히 중요하다고 하였습니다. 그러면서 장군은 장차 추국의 인민전사들을 영도할 사람이 그리 파탈하고 해롱거려 되겠느냐고 꾸짖었습니다. 하지만 저는 장군의 말을 귀담아 듣지 않았습니다. —하략

제작진이 가져온 것들은 대부분 장군의 어록을 간추린 자료들이

다. 처음엔 다른 방에서 작업을 하던 기자는 며칠 뒤 추익의 맞은편으로 자리를 옮겼다. 의심의 눈초리를 보내던 요원도 기자가 일의 능률을 내세우자 슬며시 고개를 틀었다. 영상에 맞춰 추익이 읽고 나면 기자는 첨삭한 것을 건네며 다시 읽어보라고 했다. 영상이 추가되거나 빠지는 것도 다반사여서 작업의 진척은 더뎠다. 제한된 시간에 원고를 읽기 위해서는 목소리의 높낮이나 길이는 물론 호흡의 완급까지 세밀하게 살펴야 했다. 이번 시퀀스의 핵심은 전사의 조건이었다. 이 역시 장군의 국가관에 기초하고 있었다. 참된 전사는 체제수호를 위해 목숨을 초개와 같이 던질 수 있어야 한다는.

추익은 생활강령이란 제하의 지문을 읽다가 실소했다. 지문 내용은 간단했다. 철천지원수인 호국을 무너뜨리기 전까진 일체의 오락을 멀리할 것. 그러고 보니 추국에는 예술작품이란 말이 없었다. 음악과 미술 혹은 문학과 영화 따위의 오락거리는 오직 국가의 지도이념에 부합되는 방향으로 기능해야 했다. 그런 것들에 침윤된 영혼은 응당 썩기 마련이어서 강한 전투력은 절대 기대할 수 없다고 장군은 역설했다. 위대한 대원수께서 딱 하나 실수한 게 있다면 예술을 조장하는 자유진영과의 결탁을 도모했다는 점입니다. 장군은 그렇게 말을 맺었다. 요원은 가끔 어딘가로부터 연락을 받곤 했는데 대개는 경무부장과 관련된 내용으로 보였다. 아직도? 그럼 일단 그쪽은 비워두고 진행해야겠소. 그런 말들이 요원의 입에서 나왔다.

2-1. 인간의 조건

탁자 위에 글록17이 놓여 있었다. 전장 186㎜ 무게 625g, 리볼버를 구세대의 유물로 밀어낸 권총이다. 권총의 모양새가 거기서 거기라지만 이건 언제 봐도 지독히 못생겼다. 그런 생각을 할 때마다 꿩잡는 게 매다. 아버지의 단호한 목소리가 들렸다. 기관총이건 권총이건 그 존재의의는 적을 살상하는 것이다. 목숨을 빼앗는 살상기계에 아름다움을 부여할 이유가 없지 않나. 아버지의 말처럼 글록17을 위시한 글록 시리즈는 철저히 살상 의도에 맞춰 제작된 것이다. 강화합성플라스틱 재질의 투박한 그립과 지극히 단순한 박스 형태인 프레임은 몽땅한 도끼자루를 연상케 했다. 추익은 깍지 낀 손을 접었다 폈다. 우두둑 소리가 났다. 탁자 위에 깐 초록 빌보드 위에 놓인 권총이 마치 간식거리처럼 보였다. 권총을 들면서 추익은 다른 손으로 오디오리모컨의 스위치를 눌렀다. 언제나처럼 차이코프스키의 비창이 흘러나왔다. 1악장 도입부에 흐르는 바순의 독주는 미구에 닥칠 비극을 예감케 한다. 바순의 둔중한 멜로디가 귓불을 흔들고 지나갔다. 추익은 총을 들어 탄창을 빼낸 다음 슬라이드를 뒤로 당겼다. 약실이 빈 것을 확인한 뒤 버릇처럼 방아쇠를 당겼다. 찰칵, 하는 소리는 그러나 레퀴엠을 인용한 애수 띤 선율에 묻혀버렸다. 프레임에 붙어 있는 슬라이드록 레버를 누르고 슬라이드를 앞으로 빼냈다. 슬라이드 속의 리코일 스프링과 배럴을 분리했다. 5개로 나누어진 부품을 물끄러미 내려다보던 추익은 슬라이드를 집어들었다. 추익의 손은 기계적으로 움직였다. 공이를 위시한 자질구레한 부품 10여 개가 순식간에 분해되었다. 추익은 내친 김에 트리거 바와 드롭 세이프티 등 프레임에 딸린 나머지 부속도 분해했다. 비창은 여전히 1악장이다. 채 일분도 안 되어 작업을 끝낸 추익은 총기 안의 탄소찌꺼기까지 제거한 뒤 조립 수순에 들어갔다. 해머가 없는 스트라이커 방식의 프레임은 9밀리 파라블럼탄을 가득 장전해도 부담스럽지 않다. 그렇게 해도 베레타보다 가볍다. 탄창을 분리한 추익은 상체를 세우고 길게 숨을 내쉬었다. 체중이 내려간 기분이었다. 현악기가 내는 현란한 소리가 귓속을 파고들었다.

"훌륭해. 역시 대원수님의 피를 이어받은 전사야."

추익은 흠칫 놀라 돌아보았다. 염동현 장군이었다. 장군은 빙긋 웃으며 엄지손가락을 치켜세웠다. 추익은 서둘러 오디오를 껐다.

"혹시 비창 아닌가? 슬프다, 뭐 그런 뜻을 가진."

추익은 놀란 표정을 지었다.

"왜 그런 표정을 짓나. 나도 이 곡에 대해선 알만큼 안다네. 이 곡을 만든 작자의 조국이 우리 추국과 가장 가깝게 지내는 우방이라는 건 자네도 알고 있겠지? 그곳 지도자가 그 작곡가의 열렬한 팬이야. 자기 나라의 정서를 가장 잘 표현한 작가라나 뭐라나. 덕분에 그곳에 갈 때마다 국립예술관에 초대되어 이 곡을 듣곤 했지."

"네 그랬군요."

추익이 고개를 끄덕였다. 장군이 소파에 앉자 추익이 인터폰을 누르며 무슨 차를 드시겠느냐고 물었다. 장군이 손사래를 쳤다.

"난 행진곡풍의 3악장이 좋더군."

시디의 재킷사진을 보며 장군이 말했다. 추익은 장군의 손에 들린 재킷을 새삼스레 바라보았다. 추익은 4악장을 좋아했다. 격랑처럼 고조되다가 여울처럼 잦아드는 선율의 흐름을 따라가다 보면 저 깊은 곳에 가라앉아 있던 마음 하나가 고요히 용해되는 것을 느낄 수 있었다. 무엇보다 이 곡은 죽음을 떠올리게 하는 마력이 있었다. 흐느끼고 몸부림치다 서서히 죽어가는 이가 그려졌다. 간간이 들리는 관악기의 독주는 죽어가는 이의 가는 숨소리처럼 느껴졌다. 추익은 그러나 장군에겐 저도 3악장을 좋아합니다, 라고 했다.

"취미라니 뭐라고 할 수는 없지만 이런 음악을 감상한다는 사실이 밖으로 새어나가면 곤란할 거야. 특히 경무부장 그 자 말야, 좀 깐깐해야 말이지."

뜻밖이었다. 권력의 정점에 있는 장군까지 경무부장을 의식할 줄은 몰랐다. 군 조직 내에서의 실질적 지분이 장군과 맞먹거나 우세할 거라는 소문이 사실인 듯했다. 하긴 혁명동지라는 대원수와의 특수한 관계 덕분에 권력을 승계한 장군이나 혈연이라는 이유 하나만으로 고위직을 점한 추익과 달리 경무부장은 일개 전사에서부터 시작해 여기까지 온, 말 그대로 입지전적인 인물이었다.

"김경섭 경무부장도 알고 있습니다."

추익이 주저하듯 말하자

"이게 다 적성국에서 건너온 것들인데 말이지,"

장군이 의미심장한 미소를 지었다. 그러는 당신은? 추익의 혀끝에서 그 말이 미끄러졌다. 장군이 소극장 규모의 영화감상실을 갖고 있다는 걸 추익은 잘 알고 있었다. 로에비치 감독의 필름누아르나 스릴러를 광적으로 좋아한다는 것도.

"네, 주의하겠습니다."

장군이 허허 웃으며 손을 저었다.

"자네를 탓하는 게 아니야. 그냥 노파심에서 하는 말이지."

장군이 글록17을 집어들었다. 그립을 쥐고 총구를 벽으로 돌렸다.

"장군님, 장전되어 있습니다. 약실에 한 발."

장군의 눈썹이 꿈틀거렸다.

"그렇군. 하마터면 자네가 아끼는 시디들을 박살낼 뻔했어."

장군은 약실에서 빼낸 실탄을 엄지와 검지에 끼우고 찬찬히 들여다보았다. 추익은 탁자에 달린 서랍을 슬며시 열었다. 또 다른 글록이 있었다. 그런데 어쩐 일인지 탄창이 끼워져 있지 않았다. 추익의 시선이 장군의 허리에 걸린 권총집으로 향했다. 권총을 빼는 시간보다 빠를 수는 없다. 잘만 하면 절호의 기회가 될 수도 있습니다. 경무부장의 말이 귓전에서 맴돌았다. 조만간 장군이 이곳을 방문할 것 같다는 보고를 한 끝에 경무부장이 한껏 소리를 낮춰 한 말이었다. 그는 절호의 기회라는 말을 반복했다. 그러고 보니 장군이 경무위의 지하 벙커를 찾은 건 이번이 처음이었다. 대동한 내무위 요원들은 장군의 지시로 위층에서 대기하고 있었다. 지금쯤 긴장을 풀고 경무위 요원들과 잡담을 나누고 있을 터였다. 요원들의 숫자도 이쪽이 압도적이었다.

"지나는 길에 들렀어. 자네 음악감상실이 궁금했는데 이제야 보는군."

"네? 아, 아닙니다. 감상실은요. 쓰지 않는 창고를 대충 손본 겁니다."

추익이 서랍을 슬쩍 밀어 넣으며 말했다.

"창고를 개조했어?"

장군이 어깨를 으쓱했다.

"조촐한 분위기가 마음에 드는군. 아, 그러고 보니 대원수님도 만판 단순하고 투박한 걸 챙기시던 분이었지."

장군은 그러면서 싱긋 웃어 보였다. 이번엔 추익도 따라 웃었다.

"그런데…… 자네, 음악은 왜 듣나?"

느닷없는 질문에 추익은 당황했다. 갑자기 질문하시니…… 추익은 뒷머리를 긁적였다. 장군은 말없이 추익을 바라보았다. 대답을 기다린다는 표정이었다.

"음악을 듣고 있으면 뭐랄까…… 제가 인간이라는 사실을 확인할 수 있습니다."

대답을 해 놓고 아차, 싶었지만 이미 늦었다.

"흐음, 인간이라는 사실을 확인한다? 음악과 거리가 먼 일반 전사들은 그럼, 인간이 아니란 말이군. 아무튼 자넨 너무 감상적인 게 흠이야."

"아, 그건."

추익이 당혹해하자 장군이 파안대소했다.

"내 말에 놀랐나? 농담이야 농담."

그때 급히 들어온 내무요원 하나가 사령부에서 급한 전갈이 왔다는 소식을 전했다. 출구를 향해 걸음을 떼던 장군이 아참, 하며 돌아서더니 추익에게 글록을 건넸다.

"이건, 기념으로!"

씩 웃으며 장군이 실탄을 보란 듯이 주머니에 넣었다.

3. 용서

전혀 예상치 못한 일이었습니다. 장군이 저를 찾아 왔습니다. 자신을 해치려 한 반역자를 만나러 감방 문을 열고 들어온 것입니다. 이와 유사한 사례가 있었나, 아무리 생각해 봐도 떠오르지 않았습니다. 게다가 장군은 봉합수술을 받은 지 얼마 되지 않아 거동이 불편하다고 들었습니다. 장군은 손으로 가슴을 툭툭 치며 특수방탄복을 착용한 덕분에 중상을 면할 수 있었다고 했습니다. 장군은 대원수를 허방에 빠뜨린 자가 경무부장이라고 했습니다. 진실을 은폐하는 것도 부족해 책임을 장군에게 떠넘김으로써 장군과 저를 이간하려 했다고 했습니다. 이미 내무요원으로부터 들어 알고 있는 내용이었습니다. 내무요원은 비밀리에 수집한 증거들을 보여주었습니다. 거기엔 대원수가 탑승한 비행기에 시한폭탄을 설치할 것을 지시하는 경무부장의 목소리도 포함되어 있었습니다. 또한 장군을 암살하기 위해 모의하는 과정이 일목요연하게 정리되어 있었습니다. 모의하는 상대의 목소리는 대부분 저였습니다. 반역도당의 수괴라는 말이 괜히 지어낸 말이 아니라는 것을 입증하는 대목이었습니다. 그렇습니다. 경무부장이 교사한 일이라고 해서 저의 죄가 경감되지는 않을 것입니다. 최종책임이 그의 직속상관인 저에게 있다는 것은 자명합니다.

                                      -중략

　이번 거사에 성공했다면 다음 차례는 경무국장 자네였을 거야. 장군이 그렇게 말했을 때 깜짝 놀랐습니다. 그건 꿈에도 생각지 못한 일이었습니다. 장군은 주머니에서 소형녹음기를 꺼내 버튼을 눌렀습니다. 경무부장이 자신의 심복에게 지시하는 내용이 담겨 있었습니다. 장군의 죽음을 확인하는 즉시 경무국장을 체포해. 그 말은 저를 전율케 했습니다. 저는 비로소 경무부장에게 철저히 이용 당했다는 것을 알았습니다. 장군은 바깥에 있던 요원을 불러 제 수갑을 풀게 했습니다. 그러고는 저에게 술 한 잔을 권했습니다. 간신히 술을 목으로 넘긴 저는 울음을 터뜨리고 말았습니다. 장군은 무릎을 꿇고 흐느끼는 저를 두 손으로 잡아 일으켰습니다. 장군은 제가 경무부장의 농간에 넘어간 잘못은 있지만 천성이 모반을 꾸밀 사람은 아니라고 했습니다. 저는 고개를 들 수 없었습니다. 장군은 깊은 한숨을 내쉬었습니다. 그리고 대원수의 혁명과업을 이어받을 수 없게 된 점, 아울러 순일한 전사의 혼이 훼손된 점이 안타까울 따름이라고 했습니다. 저는 고개를 숙인 채 용서를 빌었습니다. 죽음으로 죄를 씻겠다고 했습니다. 말없이 앉아 있던 장군이 이윽고 입을 열었습니다. 비명에 가신 대원수와의 정리를 생각해서 이번 한 번은 용서하겠다고 했습니다. 그 대신, 장군은 제 손을 잡으며 말했습니다. 그 대신 자네의 죄과가 전사들의 기억에서 희미해질 때까지 사상개조학습에 매진해야 할 거야.

"감정을 넣어서 읽어야 할 대목을 그렇게 책 읽듯이 읽으면 어떡하나."

담당 기자가 언성을 높였다. 요원을 의식한 태도였다. 지나치게 감상적이라고 할 때는 언제고. 추익은 눈을 내리깐 채 웅얼거렸다.

"24번 분조, 방금 뭐라고 했나?"

요원이 노려보았다.

"아, 아니오. 아무것도."

추익은 어줍게 말하며 고개를 저었다. 이렇게까지 해야 하나, 하는 생각이 치밀었다. 혹 목숨을 건지더라도 수용소행은 피할 수 없을 터였다. 추익은 수용소의 일과가 어떤지 잘 알고 있었다. 수용소의 확충과 구조개편을 주도한 자는 경무부장이었다. 엉뚱한 생각을 전혀 못하도록 해야 합니다. 그의 말대로 수용소는 잠자는 시간 빼곤 일분일초의 여유도 없이 팽팽 돌아가는 곳이 되었다. 필시 추익의 등급은 검은 별 다섯 개일 터이다. 그것은 노동의 강도가 가장 세다는 것을 의미했다.

"자, 한 번 더 읽어 보도록."

담당 기자가 원고를 건넸다. 추익은 고개를 숙이고 어금니를 깨물었다. 각색된 내용도 내용이지만 장군의 목소리에서 묻어나던 야유가 생각나 견딜 수 없었기 때문이다.

3-1 응징

감방에 들어온 장군은 추익과 눈이 마주치자 싱긋 웃었다.

"녹화를 무사히 끝냈다지? 수고했네."

추익은 마른 입술을 핥았다.

"총을 맞았는데 어떻게 살아 있을까, 그것도 쌩쌩한 몸으로. 그런 표정이군."

요원이 갖다 준 의자를 끌어당기며 장군이 말했다. 추익은 입을 뗄 수가 없었다.

"내가 워낙 영화를 많이 봐서 말이지."

장군이 요원을 내보낸 뒤 추익에게 앉으라고 손짓했다.

"바다 건너 A국 놈들 말야, 영화 하나는 잘 만들잖아? 놈들이 만든 특수효과를 보고 착안했지."

그러면서 자신의 가슴을 가리켰다.

"붉은 물감이 든 주머니에 센서를 부착한 다음 때 맞춰 리모컨을 누르는 거야."

장군이 손가락을 활짝 펴며 퍼엉, 소리를 냈다.

"알겠나? 좀 성가시긴 해도 효과는 만점이지."

장군이 주머니에 손을 넣던 장면이 떠올랐다.

"굳이 이런 상황을 연출한 것도 극적인 효과를 기대한 때문이야. 단순히 자네와 김경섭 그 자를 제거하는 게 목적이었다면 손쉬운 방법을 썼을 거야."

장군이 권총을 쏘는 시늉을 했다. 추익은 잠깐 눈을 감았다가 떴다.

"특히 자네!"

장군이 잠시 말을 멈추고 추익의 눈을 응시했다.

"아직도 인민들은 대원수님을 잊지 않고 있어. 그리고 자네가 대원수님의 하나밖에 없는 아들이란 것도. 그러니 확실한 증거를, 그것도 특별한 방법으로 보여주지 않는 한 거센 반발을 살 우려가 있지. 그렇지 않은가?"

추익은 손등으로 턱을 문질렀다.

"그나저나, 어떻게 알았습니까?"

장군이 혀를 찼다.

"아직도 모르겠어?"

장군의 말대로라면 추익은 경무부장에게, 아니 장군에게 여지없이 농락당한 어리보기였다. 경무부장이 실은 추익을 감시하기 위해 장군이 붙여놓은 끄나풀이었다는 말이 장군의 입에서 나오는 순간 추익은 하마터면 침을 뱉을 뻔했다. 이게 뭐야. 추익은 경무부장의 말이 맞다는 걸 알았다. 노회한 자. 추익의 표정이 일그러졌다. 장군은 추익의 태도에 아랑곳없이 하던 말을 계속했다. 경무부장은 장군을 위해 일하는 척하면서 한편으로는 장군을 해칠 음모를 꾸몄다. 확인사살을 이유로 각본에도 없는 권총을 건넨 건 그것을 뒷받침하는 결정적 증거였다.

"나를 제거한 다음엔 자네를 쳤을 거야. 그러니까 그 자의 입장에서는 그게 뭐지…… 그래, 일석이조. 바로 그거였지."

장군은 그런 경무부장의 저의와 동태를 속속들이 파악하고 있었다고 했다. 추익은 맥이 풀리는 느낌이었다. 장군의 목소리가 한껏 낮아졌다.

"대원수 내외가 탄 비행기를 폭파한 것도 권력을 가지기 위한 첫 번째 수순이었어. 처음엔 투철한 국가관에서 연유한 충정인 줄 알았지 뭔가."

자기는 그 일에 전혀 관여하지 않았다는 듯이 말하고 있다. 욕지기가 치밀었다. 장군이 주머니에서 휴대용 위스키병을 꺼냈다.

"경무부장 그 자, 생각보다 훨씬 지독해."

그러면서 장군은 유럽으로 유학 갔다가 자살한 경무부장의 딸을 언급했다.

"우울증이 악화돼 자살한 걸로 알려졌지만 김경섭 그 자가 부하들을 시켜 살해한 거야. 전혀 의심 받지 않을 방법으로."

장군이 추익을 향해 위스키병을 들어 보였다. 추익은 고개를 저었다. 추익은 경무부장의 딸을 떠올렸다. 툭 불거진 광대뼈와 한일자로 꾹 다문 입매가 이지적으로 보이는 이유는 크고 깊은 눈 때문이었다. 위스키 뚜껑을 닫고 난 장군이 시계를 들여다보았다. 제 여식은 죽지 않았습니다. 마침내 조국의 별이 된 것입니다. 딸의 죽음에 조의를 표했을 때 경무부장이 했던 말이었다. 비장한 얼굴이었다. 딸을 죽인 패륜아로 모는 건 지나치군. 추익의 입가에 비릿한 웃음이 감돌았다. 장군이 허리를 폈다.

"그 표정은 뭔가? 꾸며낸 말이라고? 아냐, 이건 명백한 사실이야. 그 자의 딸은 자유진영의 한 젊은이와 사랑에 빠졌었지. 그 젊은이는 경무부장이 가장 혐오하는 예술가였어. 게다가 그 젊은이가 추구하는 테마가 자유와 빛이었다지 아마. 정말 웃기는 일 아닌가?"

장군이 위스키 병을 주머니에 넣었다. 추익은 여전히 묵묵부답이었다. 장군의 시선은 이제 손바닥만 한 배식구에 가 있었다.

"딸이 자신의 목을 겨누는 비수가 되었다고 판단한 경무부장은 곧장 현지에 있는 자기 라인의 요원에게 지시했지. 나는 내 수하의 정보원을 통해 사건의 전말을 소상히 알고 있었다네. 아니, 그 자는 딸을 죽인 걸 내가 알게 했어. 신임을 잃지 않으려는 의도였지. 내가 알기로 그 자의 딸은 그 당시 임신 5개월이었어."

경무부장은 어떻게 되었느냐는 추익의 돌연한 질문에 장군이 고개를 돌렸다. 언짢은 기색이었다.

"곧 잡힐 거야. 제깟 놈이 숨어봤자 하루 이틀이지."

장군이 주머니에서 꺼낸 건 권총이었다. 그건…… 추익의 눈이 커졌다. 그래, 자네가 애지중지하던 글록17이야. 장군이 한참을 만지작거리던 그것을 추익에게 건넸다.

"요원들도 몰라."

문손잡이를 잡은 장군이 고개를 돌려 한마디 덧붙였다.

"명색이 대원수님의 혈통이자 경무국장을 지냈던 자가 총살당하는 모습을 보여서야 되겠나. 내가 온 것도 그 때문이야."

장군은 문을 열고 나가기 직전 뭔가를 추익에게 던졌다. 총알이었다. 단 한 발이었다.

4. 에필로그

전사 여러분, 저는 장군의 은덕으로 목숨을 부지하고 이 자리에 섰습니다. 저는 이제 혁명교화소에 들어가 사상개조학습에 전념하겠습니다. 전사 여러분의 용서가 있을 때까지 저는 제가 저지른 과오를 씻는 일에 혼신의 노력을 다하겠습니다. 일찍이 대원수님과 함께 혁명전선을 누비고 현재는 추국의 굴기倔起와 번영을 위해 불철주야 뛰고 있는 장군에게 머리 조아려 감사의 말씀 올립니다. 추국의 위대한 전사들에게 영광을!

　그것은 추익이 마지막으로 읽은 원고였다. 염동현 장군의 업적과 향후 비전은 내무위에서 파견된 요원이 웅변조로 읽었다. 추익은 비로소 혼자가 되었다. 추익은 글록을 쥔 손을 묵연히 바라보았다. 아버지의 말이 맞을지도 모른다는 생각이 들었다. 아버지는 총기의 존재의의가 적을 살상하는 데 있다고 했다. 목숨을 빼앗는 살상기계에 아름다움을 부여할 이유가 없지 않나. 엊그제 들은 것처럼 또렷했다. 그런데…… 추익은 다시 고개를 저었다. 권총은 왜 아름다우면 되지 않는가. 발사된 탄환이 닿는 지점이 꼭 생명체일 필요는 없지 않는가. 나무로 된 과녁이 될 수도, 클레이 사격에서 보듯 날아가는 피전이 될 수도, 그도 아니면 바람에 날리는 가랑잎이 될 수도 있지 않는가. 아니, 무엇보다 아버지가 선물했다는 이유만으로 이 못생긴 물건을 여태껏 버리지 않고 있었다는 사실이 아름다운 게 아닐까. 자넨 너무 감상적인 게 흠이야. 어디선가 장군의 목소리가 들려오는 듯했다. 추익은 고개를 끄덕였다. 자신이 애초부터 권력과는 어울리지 않는 사람이라는 걸 인정할 수밖에 없었다. 모르는 척했지만 추익은 김경섭 경무부장의 죽은 딸이 피아노를 친다는 걸 알고 있었다. 어릴 때 한데 어울려 놀기도 했던 그녀가 라흐마니노프와 바흐 숭배자라는 것도. 공교롭게도 그녀가 유학을 간 곳은 추익이 예전에 갔다 온 곳이었다. 이데올로기를 인정하되 이데올로기를 표방하지 않는 것을 국시로 삼은 중립국이었다. 추익이 2년간 머물렀던 그 도시는 연주회가 끊이지 않는 곳이었다. 그녀는 어떻게 죽음을 맞이했을까. 그녀의 적은 이데올로기였을까. 아니, 결과적으로 그녀의 아버지 혹은 그녀가 사랑했던 연인이나 은밀하게 즐겼던 음악이었을 수도 있다. 그러다 문득 그녀의 적은 그녀 자신일지도 모른다는 생각이 들었다. 경계선 이쪽저쪽을 위태로이 넘나들던 그녀 자신. 그건 추익도 마찬가지였다. 아버지가 글록을 선사한 건 이런 날을 예감한 때문이었을까. 추익은 총알을 약실에 집어넣고 안전장치를 풀었다. 등줄기가 저릿했다. 심호흡을 하고 그립을 움켜쥐는 순간 총성이 울렸다. 추익은 글록을 치켜들었다. 철문이 부딪는 소리와 군홧발 소리, 고함소리가 이어졌다. 단발적인 총성에 이어 기관총의 연발음과 폭음이 들렸다. 추익은 철문의 창살을 잡고 밖을 내다보았다. 아무것도 보이지 않았다. 문을 두드렸지만 요란한 총성에 묻혔다. 귀청을 찢을 듯한 폭음이 가까이에서 들렸다. 추익은 본능적으로 벽에 몸을 붙였다. 심한 연기 때문에 추익은 허리를 숙인 채 쿨럭였다. 총성이 뜸해지고 있었다. 간신히 몸을 일으켰다. 그때 문이 벌컥 열렸다. 매캐한 화약 냄새를 풍기며 두 명의 전사가 들이닥쳤다. 눈에 익은 복장이었다. 경무위 소속이었다. 추익의 입꼬리가 올라갔다. 막연한 안도감으로 추익은 저도 모르게 웃으며 손을 들었다.

"24번 분조인가?"

추익이 고개를 끄덕임과 동시에 총구에서 불꽃이 튀었다.

5. 프롤로그

드라마적 요소를 가미한 본 다큐멘터리는 권력을 잡기 위해 혁명 동지이자 직속상관인 대원수님을 암살한 데 이어 뒤늦게 사태의 내막을 알게 된 임추익 경무국장을 제거하기 위해 광분한 염동현 전 최고전사위원장을 단죄하는 한편 그의 추종자 및 잠재적 회색분파 조장분자들에게 경각심을 주기 위해 기획한 것이다. 정보국에 보관되어 있는 관련 영상을 1차 자료로 삼고 각 장면에 대한 심층 해설은 전사총연맹보도국의 김일환 기자가 담당하였다. 주목할 점은 총괄 해설을 맡은 기자와 별도로 사건의 추이를 설명하는 내레이터에 금번 사건의 주범인 염동현이 발탁되었다는 것이다. 이는 한때 임인국 대원수를 보좌하여 혁명 과업을 수행한 공을 참작한 김경섭 장군께서 염동현에게 베푸는 마지막 은전이다. 장군의 넓은 도량에 감격한 염동현은 조건이나 형식에 구애됨이 없이 적극 협조하겠다고 했다. 장군의 밀착경호를 책임지는 경무위의 한 요원은 이에 대해 그의 범죄가 워낙 엄중하여 깊은 각성과 회심에도 불구하고 중형을 피할 수 없을 것이라고 했다. 한편 오세기 신임 경무국장은 사태가 일단락되는 대로 진실을 밝히기 위해 애쓰다 목숨을 잃은 임추익 전 경무국장에게 전사최고무공훈장을 추서하겠다고 밝혔다.

추익의 시신은 깨끗이 씻겨 관 속에 넣어졌다. 그가 내레이터로 출연한 모든 영상은 폐기되었다. 보고에 따르면 염동현 역시 총격전

와중에 숨졌다고 했다.

"다큐멘터린가 뭔가를 만드는 데 들인 시간이 아깝군."

장군의 말에 신임 경무국장이 전략적으로 접근할 필요가 있다고 말했다.

"파급효과가 상당할 겁니다."

장군이 미간을 찌푸렸다.

"그딴 걸 우리도 하잔 말이야? 그건 염동현, 그자의 허세와 치졸성을 답습하는 게 아닌가."

신임 경무국장이 전략입안서를 꺼냈다.

"그렇다손 치더라도 그런 식의 보여주기가 기대 이상의 효과를 가져올 때가 많습니다."

자유진영의 정치체제와 커뮤니티에 밝은 신임 경무국장은 잠시 사이를 두었다가 말을 이었다.

"자유진영의 위정자들이 선거철이면 홍보영상을 만드는 데 진력하는 이유도 거기에 있습니다."

"계속해 봐."

장군이 손짓을 했다. 홍보기능의 전략가치에 대해 장황하게 설명하고 난 신임 경무국장이 정통성을 확보하는 데도 도움이 될 것이라는 말로 아퀴를 지었다. 장군의 눈썹이 꿈틀거렸다.

"정통성 확보?"

신임 경무국장이 네, 하더니 염동현으로 하여금 대원수를 저격한

사실을 자백하게 함으로써 시중의 의혹을 불식시킬 수 있으며 그것
은 곧 분별력이 미약한 일반전사들의 마음을 사로잡는 계기가 될 것
이라고 부연했다. 장군은 그의 의견을 전폭적으로 수용했다.

　대원수가 탄 비행기는 이륙한 지 5분만에 폭발했다. 자신이 제안
한 건 사실이지만 재가한 건 염동현이었다. 아니, 엄밀히 말하면 제
안한 것 역시 염동현의 복심腹心에 의해 작동된 것이었다. 그때까지
만 해도 염동현 역시 투철한 혁명 전사였다. 추국의 미래를 위해 혁
명 동지의 제거까지 서슴지 않았던 그가 권력을 쥐고부터 변하기 시
작했다. 국가 경영은 혁명과 다르다는 논리를 폈다. 때로는 적과의
동침도 필요한 법이라고 했다. 그건 죽은 대원수가 말년에 자주 했
던 말이었다. 그건 안 될 말이었다. 혁명정신의 오염은 전사들의 기
강 해이로, 기강 해이는 패망으로 이어질 터였다. 대원수를 저격하
게 된 동기를 그새 잊다니. 이러면 달리 방법이 없지 않나. 당시 경
무부장이었던 김경섭은 비장한 결의를 할 수밖에 없었다. 돌이켜보
건대 그들이 타락한 건 자유진영의 음악과 미술 영화 따위, 그러니
까 예술이라는 이름으로 포장된 것들을 가까이하면서부터였다. 그
런 것들은 애초에 접촉할 여지를 없애야 하고 피치 못할 계제라면
초점을 흐리게 하거나 그것이 단지 체제유지 수단으로만 작동하게
해야 한다. 그의 생각은 확고했다.

　제작 책임자가 일부 완성된 다큐멘터리 필름을 가져왔다. 보름이

면 나머지 부분도 완성될 것이라고 했다. 그게 다 오래전부터 작업해 온 제작팀의 노하우 덕분이라는 보고에 장군은 염동현에게 감사를 표해야겠다며 비죽 웃었다. 기자의 모두 발언이 끝나고 곧바로 염동현이 아니, 그의 얼굴을 모사한 대역배우가 등장했다. 인공피부로 염동현의 얼굴을 본떴다는데 가까이서 봐도 구별할 수 없을 정도로 정교하다. 더빙을 한 목소리도 흠잡을 데 없다. 음성인식장치를 사용해 구간별 패턴을 완벽하게 분석했다고 했다.

위대한 김경섭 장군과 함께 새 시대를 열다

굵은 고딕체로 내걸린 제목이 시선을 사로잡는다. 반혁명분자란 자막과 함께 등장한 염동현의 얼굴은 일그러져 있다. 돌연 딸의 얼굴이 떠오른다. 어쩔 수 없는 일이었다. 체제를 수호하기 위해선 권력이 필요했고 권력을 갖기 위해선 오점을 도려내야 했다. 그러므로 딸아이의 희생은 결코 헛된 것이 아니다. 장군은 스스로를 위무했다. 화면에 추익이 나왔다. 쓰레기 같은 음악에 빠져 지내더니. 장군은 혀를 찬다. 지도자의 자질은커녕 혁명을 수행할 기본자세조차 되어 있지 않은 자이다. 적어도 젊은 시절의 대원수는 저러질 않았다. 대원수의 피를 물려받기나 한 건지. 장군은 또다시 혀를 찬다. 하지만 화면에는 혁명의 혼을 지키다 장렬히 산화한 전사라는 자막이 깔려 있다. 아직도 여전한, 대원수에 대한 인민들의 경모의 정을 십분 수용한 조치다. 곧이어 염동현이 등장해 자아비판을 하기 시작한다. 사이사이 그가 저지른 반혁명적 행위에 대한 해설이 뒤따른다.

자유진영의 나팔수가 된 호국과 문화교류라니, 그런 말도 안 되는.

장군은 검불처럼 바삭거리는 연민의 정을 짓뭉갠다. 나를 잡았다고 생각했겠지. 장군은 화면 속의 그를 보며 웃는다. 당신, 내무위 경무위 할 것 없이 요소요소에 내가 포섭한 요원들이 암약하는 것도 모르고 쇼를 만드는 데 급급했지. 어쨌거나 내가 힘을 기를 때까지 한눈판 건 정말 고마운 일이었어. 비아냥조로 중얼거린다. 그때 수행장교가 얼음이 가득 찬 아이스버켓을 들고 온다.

"그게 뭔가?"

장군이 포갠 다리를 풀며 묻는다.

"1996년 빈티지의 부르고뉴 와인입니다. 코크향이 일품이라는 평입니다."

"어디서 난 거야?"

장군의 눈에 호기심이 어린다.

"그 자의 지하 창고에 있던 것입니다. 이런 와인이 수백 병입니다."

그 자라면 염동현이다.

"이리줘 봐."

장군은 병에 코를 댄다. 단번에 후각을 미혹시키는 향이다. 한 모금 마셔 본다. 이런 맛은 처음이다. 탁자에 두고 가라고 손짓을 한다. 커튼까지 내린 뒤 장군은 천천히 와인을 음미한다. 빈 잔을 타고 흐르는 붉은 와인이 어쩐지 피 같다는 생각이 든다. 하지만 이내 와인의 풍미에 도취된다. 이런 와인이 수백 병이라…… 품이 낙낙한 옷을 입은 느낌이다. 화면으로 눈길을 돌린다. 염동현을 신랄하게 비난하는 목소리와 함께 그가 소유했던 영화감상실이 등장한다. 카메라 앵글은 원목으로 만들어진 시디수납장을 훑어간다. 수납장마다 자유진영에서 제작된 영화시디가 빼곡하다. 퇴폐 음악이란 자막이 뜨고 비장미를 강조한 영화음악의 한 소절이 흐른다. 와인의 맛과 어딘가 닮았다. 장군은 와인을 입에 머금고 고개를 끄덕인다. 좋군.

해설
시대의 어둠을 관통하다

시대의 어둠을 관통하다

— 박지영 (시인, 문학평론가)

1.

소설가 심강우의 두 번째 소설집 『꽁치가 숨쉬는 방』에는 중편소설 한 편과 단편소설 네 편이 담겨 있다. 작품 속 인물들은 평범한 소시민에서부터 화려한 연예인, 파시즘적 이데올로기로 무장한 혁명가 등 어느 한 계층에 국한되지 않으며 개성의 스펙트럼 또한 넓다. 굳이 공통점을 찾자면 그들 모두 어둠에 잠식된 영혼의 소유자들이라는 것, 그리고 우연적 사건이 마침내 필연적 사태가 되어 그들의 삶을 끌고 간다는 점이다.

심강우의 소설을 읽다 보니 바닥으로 흐르는 어떤 기류가 있다. 빛깔로 표현한다면 회색빛이다. 주인공들은 사랑하는 사람을 잃고 정신적인 문제에 시달리거나 아버지의 부재로 인해 정상적 삶의 행로를 벗어난다. 온전치 못한 1인 가구, 불구의 반려견의 등장이 눈에 띈다.

심강우의 소설을 단순히 흥미를 유발하기 위한 상상의 산물로 규정해서는 안 된다. 꿈이나 텍스트를 무의식이 활동하는 공간이라 본다는 점에서 텍스트 안에서 행해지는 주인공의 언행을 정신분석학적으로 살펴볼 필요가 있다. 무의식은 언어표현에 있다고 여겨 언어작용에 관심을 갖고 보았다. 문학은 인간 내면의 정신세계를 탐구하는 것이고 언어는 정신분석과 관련성이 있다.

정신적인 문제를 짚어가다 보니 「욘혜민의 집」의 주옥은 우울증 치료제인 프로작을 복용하고 있고, 준은 정신과에서 망상증이라는 진단을 받는다. 「꽁치가 숨쉬는 방」에서 희주의 어머니는 물에 빠져 죽는다. 어머니의 자살은 멜랑콜리 상태로 인한 자기학대라고 볼 수 있으며, 「니케의 날개」에서 니케류는 강박증과 불안증, 착란증이 몰려와서 병원에 입원하고, 「손짓」에서 병우는 해리성 기억상실로 인해 현실의 끈을 놓는다. 작가가 탐구하는 영역이 어떤 부위인지 확연히 드러나는 대목들이다.

2.

「욘혜민의 집」과 「손짓」 두 단편은 불가항력적 사고로 말미암아 사랑하는 대상을 잃은, 살아남은 자들이 고인을 애도하며 고통을 치유해 가는 과정을 그렸다. 「욘혜민의 집」은 젊은 시절 서로 사랑하지만 경제적인 어려움 때문에 헤어진 주옥과 준의 재회를 시작으로 이야기가 펼쳐진다. 과거에 준은 부인과 딸을 교통사고로 잃었다. 그보다 먼 과거, 준과의 관계에서 주옥은 아이를 가졌는데 미혼모가 된 주옥이 낳은 아이는 지적장애아이다. 입양 보낸 아이를 만나고 싶어 주옥은 이름도 낯선 아이슬란드의 한 마을로 향한다. 딸 욘시와 꿈같은 시간을 보낸 뒤 주옥은 욘시에게서 "언, 마, 샤, 랑, 함, 이, 다." 란 말을 듣는다. 가슴 속 응어리가 북받쳐 그동안 참았던 울음이 터져나온다. 회한과 죄책감과 감사의 눈물이다. 준은 부인과 딸의 죽음에 속죄하는 마음으로 그들을 위한 집을 짓는다.

꿈에 아내와 딸아이가 나타나. 이상한 일이지, 나타날 때마다 둘이 다른 곳에서 나를 불러. 무슨 이유에서인지 아내와 딸아이가 서 있는 배경이 자꾸만 변해. 방 구조도, 위치도, 창문 너머 풍경도 시간이 지나면 바뀌는 거야. 사고 당일, 차에서 내리는 모습부터 시작할 때도 있어. 완전히 찌그러진 차량이 꿈속에선 반짝반짝 윤이 날 정도야. 어떨 땐 딸아이가 아빠 여기, 하며 옆 좌석을 탁탁 치며 나를 불러. 내가 가면 자동차는 벌써 저만치 가 있어. 이상하지 않아? 살아 있을 때보다 꿈속에서 더 많은 대화를 나누는 가족이야.

— 「욘혜민의 집」

준은 이런 혼란스러운 꿈을 꾸고 환상을 본다. 준은 집을 짓다가 환각현상에 빠져 폐인처럼 지내다 병원에서 망상증이라는 진단을 받는다. 라캉은 꿈이나 문학 텍스트를 무의식이 활동하는 공간으로 보았다. 그의 논지를 따르면 언어는 억압된 욕망의 표현과 다름 없다. 그러니 '살아 있을 때보다 꿈속에서 더 많은 대화를 나누는 가족' 이라는 말에서 그가 평소에 가족을 등한시 했다는 것을 엿볼 수 있다. 이렇듯 언어 속에 무의식이 새겨져 있다. 준의 이런 증상은 자신을 자책하며 정상적으로 애도하지 못해서 나타난 것이다. 집을 지어 죽은 이들에게 바치는 것은 준이 택한 애도의 방식이다. 그 과정에서 준은 주옥의 딸이 자신과의 사이에서 낳은 딸이라는 것을 감지하고 욘시의 욘과 교통사고로 잃은 부인과 딸의 이름에서 딴 혜민을 합쳐 '욘혜민의 집'이라 문패를 단다. 그리고 준은 그 집을 미혼모의 집으로 헌정한다. '상처 입은 영혼을 위무하는 집' 이라며 미혼모들의 상처를 치유해주는 집이 되길 바란다. 욘혜민의 집은 주옥과 그딸 욘시에 대해선 속죄의 의미가, 죽은 부인과 딸에 대해선 애도의 의미가 담긴 집이며 준과 주옥의 상처를 치유하는 집이기도 하다. 집이 갖는 물성이 영혼을 품음으로써 이렇듯 따스한 자성磁性을 발휘할 수도 있다는 것을 작가는 빈틈없는 구성으로 보여준다.

「손짓」에서 부부는 딸의 권유로 베트남 여행을 떠난다. 베트남에서 나트랑 크루즈여행 중에 갑작스런 태풍을 만난다. 방송으로 기상이변을 듣고 배가 출렁거리자 그는 부인에게 객실에 가 있으라 손짓하고 부인은 무섭다고 남편에게 이리 오라 손짓을 하는데, 상황을 알아본다고 갑판으로 올라가다 병우는 거센 물살에 휩쓸린다. 그가 깨어나 보니 부인은 없다. 아내는 왜 나오지 않았을까. 납덩이처럼 무거운 기억의 상자에 자물쇠가 채워진다는 표현이 말해주듯 그는 그 상황에 대한 기억을 송두리째 잃어버렸다. 그것은 일종의 방어기제로 특정기억을 스스로 차단해 버리는 것이다. 트라우마가 있을 때 무의식적으로 작동되는 메커니즘이다.

병우의 딸은 딸대로 자신이 권한 여행에서 발생한 비극으로 심각한 죄의식에 휩싸인다. 애도는 남은 자들의 몫이다. 그것은 사랑하는 사람의 상실과 그 상실에 대한 심리적 태도와 그것을 소화해내는 과정을 말한다. 사랑하는 대상에게 가 있던 리비도를 다른 곳으로 돌려 자아의 나르시시즘을 회복해 가는 것이 가장 좋은 애도의 방법이지만 그것을 실행에 옮기는 것은 별개의 문제이다.

「꽁치가 숨쉬는 방」에서는 학생들을 많이 유치하기 위해 학원 강사들의 학력을 포장해 과대광고를 일삼는 입시학원의 한 단면을 보여준다. 그 상황에 염증을 느낀 미혼의 두 여선생 김 선생과 희주의 이야기가 펼쳐진다. 어머니의 죽음과 맞닥뜨린 김 선생은 아버지에게 전화하지만 아버지는 예전에 끝난 사이라며 매정하게 끊는다. 김 선생에게 아버지는 허상에 지나지 않는다.

희주는 아버지의 사업실패와 어머니의 죽음으로 혼란을 겪는다. 어머니의 통장에서 돈이 어디로 빠져나갔는지 확인하는 과정에서 희주는 어머니가 아버지의 남은 돈을 몰래 빼내어 친구의 부인, 그러니까 도탄에 빠진 미망인에게 전했다는 사실을 알게 된다. 더 충격적인 건 아버지가 문제의 친구에게 상고 출신이라는 걸 숨긴 것도 모자라 명문대 경영학과 졸업에 해외유학까지 했다고 속인 것이다. 결국 어머니는 속죄의 방편으로 극단적 선택을 한다. 아버지의 비열한 행태와 거짓을 조장하는 학원의 상술은 희주에겐 보이지 않는 폭력으로 작동한다. 마침내 희주는 마음 편히 꽁치답게 살기로 마음먹는다. 꽁치는 일개인의 가치 비중을 단적으로 드러낸 일종의 메타포이다. 이를 통해 소설 제목을 왜 그렇게 정했는지 알 수 있다. 이것은 시인이기도 한 작가의 장기가 잘 드러난 장면이기도 하다.

3.

컨베이어벨트는 근대 산업화의 표상이고 반도체는 현대문명의 아이콘이다. 둘 다 반복재생이라는 속성을 띠고 있다. 중편소설 「니케의 날개」에 나오는 두 여자 임지혜와 류점숙의 욕망 역시 같은 맥락에서 읽힌다.

임지혜의 도움으로 가수의 길로 나선 점숙은 한때 류주라란 예명으로 성공가도를 달렸지만 현재는 밤무대를 전전하며 취객들 앞에서 노래하는 신세이다. 니케류로 예명을 바꾼 그녀는 인기를 만회하기 위해 SNS를 적극 활용한다. 문제는 활용방식이 상궤를 벗어났다는 점이다. 강박은 강박을 낳고 불안은 더 큰 불안을 낳기 마련이다.

그녀는 결국 강박증과 불안염려증 그리고 착란증이라는 병명으로 정신병원에 입원하게 된다.

니케류의 매니저 기후는 그 세계의 규범에서 일탈하지 않는, 말 그대로 지극히 평범한 소시민에 불과한 인물이다. 그러나 오히려 그렇기 때문에 소시민적 근성에 침윤된 일반 독자라면 그의 행동 하나하나가 예사로 보이지 않을 터이다. 따지고 보면 민초民草의 주축은 소시민이다. 그들은 소소한 이익 앞에서는 정의의 단검을 슬그머니 소맷부리에 감추기도 하지만 대의가 훼손되거나 도를 넘은 폭압 앞에서는 분연히 단검을 뽑아든다. 그의 눈에 나이키의 심벌마크는 날개가 아니라 부메랑이다. 주지하다시피 부메랑은 오스트레일리아 원주민들이 사냥이나 전투에서 사용하던 도구이다. 이것의 특징은 대상을 타격한 뒤 원점으로 돌아온다는 것이다. 소설 앞 장에서 "그런데 기후의 눈에는 그게 어쩐지 자꾸만 부메랑으로 보였다."고 한 것은 복선이다. 이것은 "…… 비로소 자신의 얼굴을 찾은 기분이었다. 그런 거라고. 기후는 생각했다. 결국 자신에게 돌아오는 거라고." 한 소설 끝의 대목과 절묘하게 조응한다. 일반적으로 소설 전반을 관류하는 긴장감은 문체의 힘에서 연유하는데 이처럼 치밀한 구성에서 촉발되는 경우 자연스레 독자의 복기를 유도한다. 형식이 내용을 규정한다는 말도 있듯이 그러한 소설적 장치는 소설의 질량을 한층 묵직하게 만든다. 아울러 작가는 의도적으로 병렬적 구성을 취하는데 소설 첫머리에 "틈만 나면 소셜미디어 플랫폼을 열어 타임라인을 확인했다. 트윗을 살피고 팔로잉을 하는 모습이 구도자처럼 진지했다."는 부분과 "재기의 거점으로 삼았던 온라인 커뮤니티가 자신을 태우는 거대한 용광로로 변한 것을 그녀는 믿을 수 없었다. 그러다 절망했고 자폭했다."는 부분을 보면 알 수 있다. 그 둘의 문장 사이에 있는 얘기들은 이를테면 벽 사이를 횡행하는 바람에 견줄 수도 있겠다. 벽이 견고하고 안정될수록 바람은 역동적이다. 어쨌거나 마지막에 기후가 자신에게 돌아온 것으로 귀결한 것은 이 작품의 기저에 흐르는 주제의식을 상기시킨다. 새의 날개가 아무리 튼튼해도 인간에게 접목할 수 없듯이 내 것이 아닌 것을 내 것으로 만들면 부작용이 생길 수밖에 없다. 현대인들이 가진 병통이 이것이다. 내 것이 아닌 것에 대한 욕망. 욕망이 성취된 뒤의 또 다른 욕망. 21세기에 맞게 업그레이드된 욕망의 컨베이어벨트.

어떤 때 류는 스스로 생각해도 자신의 변화를 믿을 수 없었다. 내가 왜 이 지경이 되었을까. 의문은 눈덩이처럼 커져서 나중엔 숨이 턱 막힐 지경이었다. 그럴 때마다 류는 고개를 들고 하늘을 보았다. 그리고 심호흡을 한 뒤 가슴을 두어 번 치면서 스스로를 고무했다. 류점숙 아니 니케류, 잘 했어. 이렇게 해야 살아남을 수 있어. 그런 다짐 끝에는 늘 떠오르는 얼굴이 있었다. 임지혜, 그녀였다. 그녀라면 이 상황에서 어떻게 했을까. 류는 눈앞에 그녀가 있는 것처럼 어때, 너라면 어떻게 할 거니? 하고 물었다.　　　　－「니케의 날개」

니케류가 연예계에서 살아남기 위해 극한 상황에서 떠올리는 인물이 임지혜. 임지혜와 류점숙이 다른 것 같지만 멈출 줄 모르는 욕망의 화신이라는 점에서는 같다. 끝내 둘은 서로 다른 욕망을 향해 날아가다 추락하고 말았다. 어쩌면 둘 다 물신주의가 낳은 사생아들일지도 모른다.

4.

이번 소설집에는 개가 등장한다. 심강우는 개를 통해 아픔과 슬픔 외로움의 감정을 내보인다. 「손짓」에서 프리와 뽀미가 있고 「니케의 날개」에 포세가 있다. 두 단편에서 프리와 포세는 단순한 개가 아니다. 포세는 인간과 같이 사랑의 기억을 가지고 있으며 사람의 사랑과 손길을 기다리고 있다. 그 사랑이 충족되지 않을 때 포세는 바닥에 떨어져 있는 물건을 코로 밀고 다니거나 질질 끌고 다니는 기이한 행동을 해서 사람들의 시선을 끈다. 그것은 문제아가 타자로부터 시선을 끌거나 인정을 받기 위해 문제를 일으키는 행위와 진배없다. 인간이 애완용으로 기르는 개인데 개들도 혼자 있거나 관심을 못 받음으로써 분리불안과 우울증에 걸려 공격적이 되거나 이상한 행동을 한다. 포세는 동물 병원에서 일하는 기후의 아내가 입양하면서 따뜻한 손길과 눈길을 받고 소통하면서 그 증세가 차츰 사라져 간다.

프리는 덩치만 컸지 사람의 손이 많이 가는 개다. 지능이 낮은 순둥이다. 프리는 어머니의 죽음에 기인한 상실감과 우울증을 앓는 부인을 위해 데려온 것이다. 평균치에서 한참 못 미친 우둔한 개를 아내는 성심껏 돌보았다. 그녀에게 늘 손이 가고 눈여겨봐야 하는 프리는 시어머니의 빈자리를 대신하는 존재이다. 프리의 죽음으로 그녀는 또 한 번 상심에 젖는다.

짐승은 다를 줄 알았는데 마찬가지였어요. 자유랄까 목숨이랄까, 아무튼 한 생명의 모든 것을 저당 잡고 있는 기분, 당신은 그 기분 모르실 거예요.
　　　　　　　　　　　　　　　　　　　　　　　　　－「손짓」

그녀에게 프리는 단순한 개 이상의 의미를 지닌다. 이번 소설집에서 심강우는 개도 기쁨, 슬픔, 아픔, 외로움, 고마움을 느끼는 존재라는 것을 말하며 가족의 일원임을 밝히는데 기실 개를 통해 인간의 허실을 규명하려는 작의를 드러낸다. 특정한 사물과의 유비적 관계를 통해 주제를 심화시키는 이같은 기법은 일정 부분 가독성을 획득하는 효과가 있을 것으로 기대된다.

5.
이 소설집의 주인공들은 대부분 1인 가구이다. 「꽁치가 숨쉬는 방」의 희주와 김 선생, 「욘혜민의 집」에서 준과 주옥, 「니케의 날개」에서 니케류, 「손짓」에서 병우와 병우의 딸도 각자의 집에서 살아간다. 요즘 세대들은 부모와 같이 살다가도 혼자 따로 나가서 자기만의 공간

224

을 원한다. 1인 가구가 점점 증가하고 있다. 혼자서 혼밥, 혼술을 하며 살다 보니 사회적 관계를 등한시 하게 된다. 그런 생활에 익숙해지면 자기만의 독단에 빠지기 쉽다. 사람은 사회적 동물이라 사람을 만나 서로 소통해야 하는데 그것을 SNS로 대체하고 있다. 리얼리티가 아닌 가상현실에 현혹되거나 자기 자신에게 매몰된다. 니케류는 극단의 사례일 터이지만 그렇다고 전혀 낯선 인물은 아니다.

또한 작가가 창출한 아버지들이 현실태를 반영한다는 점도 흥미롭다. 매니저 기후의 아버지는 어머니가 재혼해서 맞은 의붓아버지로 이중적인 아버지다. 남들이 보는 곳에서는 너그러운 면모를 보이지만 사람들이 없는 곳에서는 무관심과 멸시로 일관한다. 주옥의 아버지는 무능한 아버지, 김 선생과 희주의 아버지는 위선적인 아버지이다. 이들의 아버지는 아버지의 구실을 안 하거나 못한다. 이들에게 아버지는 있어도 없다. 큰 타자로서의 아버지의 부재는 사회문제와 결부시킬 수 있다. 아버지가 갖는 절대적 힘의 상징인 법이 허물어졌기 때문이다.

소설은 현 시대상을 표출할 수밖에 없다. 보고 듣고 느낀 것에 대한 작가의 생각과 사상이 담겨 있어 작가의 세계관과 현실 감각이 오롯이 드러나게 된다. 「손짓」은 세월호를 연상시키고 「다큐멘터리를 위한 양식」은 남북관계에 대해 어느 때보다 초미의 관심이 집중된 시기이기에 그냥 넘겨 버릴 수 없다는 작가의 사회참여적 심리를 짐작게 한다. 특히 「다큐멘터리를 위한 양식」은 이쪽과 대척점에 있는 저쪽은 누구도 믿을 수 없고 이쪽만이 선이고 저쪽은 응징의 대상이라는 오늘의 현실을 냉엄한 필치로 묘파한다. 서로가 서로를 감시하고 쫓고 쫓기는 상황이며 오늘의 승자가 내일의 패배자가 되는 과정을 따라가다 보면 우리가 몸담고 있는 세계가 실은 거대한 정글이 아닌가, 하는 의구심을 불러일으킨다.

『꽁치가 숨쉬는 방』은 심강우의 전작 소설 『전망대 혹은 세상의 끝』에 비해 인간 내면의 심리와 정신현상을 한층 더 깊이 있게 보여주고 있다. 프로이트는 육체와 정신은 하나로 연결되어 있다는 메커니즘을 밝혔다. 그것에 동의한다면 준과 병우와 니케류의 심상이 육체적 증상으로 전환되어 나타난 것이 그 증좌임을 어렵잖게 알 수 있다. 이번 소설집을 통해 작가는 현 세태의 어두운 지점을 정확히 포착했을 뿐만 아니라 그것이 갖는 방향성과 여파를 신랄하게 그려냄으로써 작품의 깊이를 더하고 폭을 넓혔다. 차후 심강우 작가가 인간 심리와 내면세계에 더욱 천착해 기왕의 성과를 뛰어넘어 그 누구도 도달하지 못한 웅숭깊은 작품을 써줄 것을 기대해 본다.

꽁치가 숨쉬는 방

초판 1쇄 인쇄일 • 2020년 2월 5일
초판 1쇄 발행일 • 2020년 2월 10일

지은이 • 심강우
펴낸이 • 임성규
펴낸곳 • 문이당

등록 • 1988. 11. 5. 제 1-832호
주소 • 서울시 성북구 동소문로 65-2 삼송빌딩 5층
전화 • 928-8741~3(영) 927-4990~2(편)
팩스 • 925-5406

전자우편 munidang88@naver.com

ISBN 978-89-7456-527-5   03810

값은 뒤표지에 표시되어 있습니다.